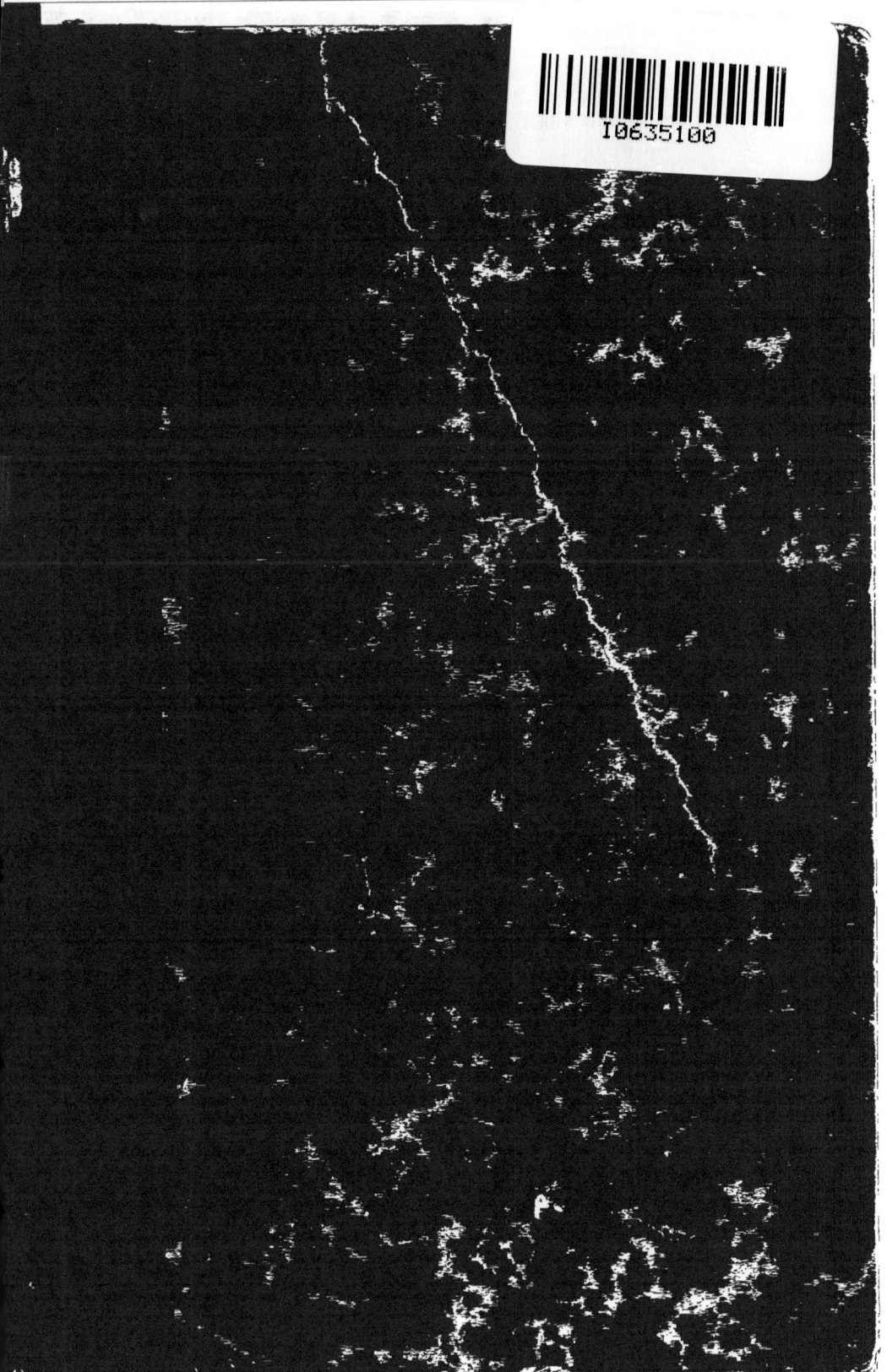

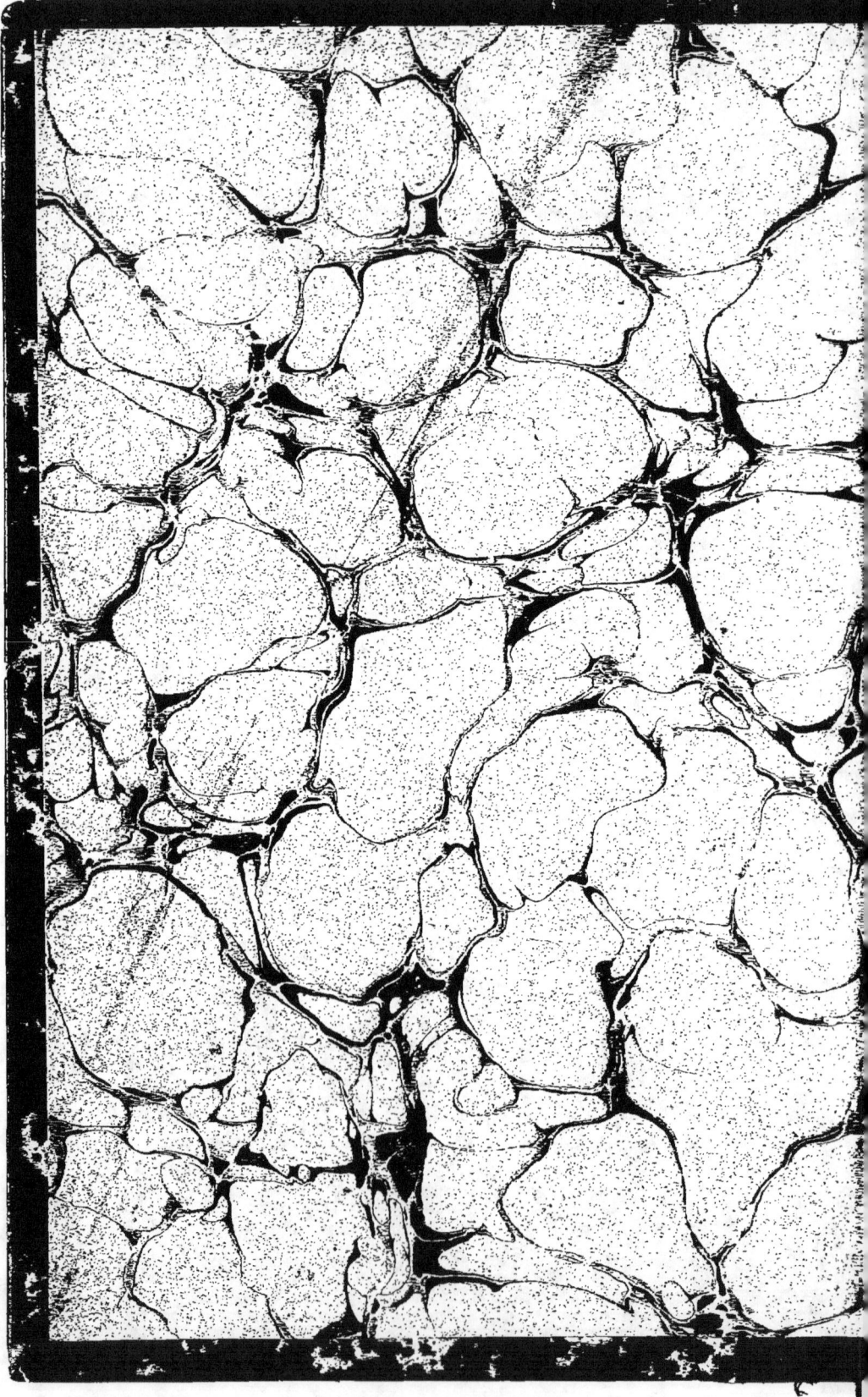

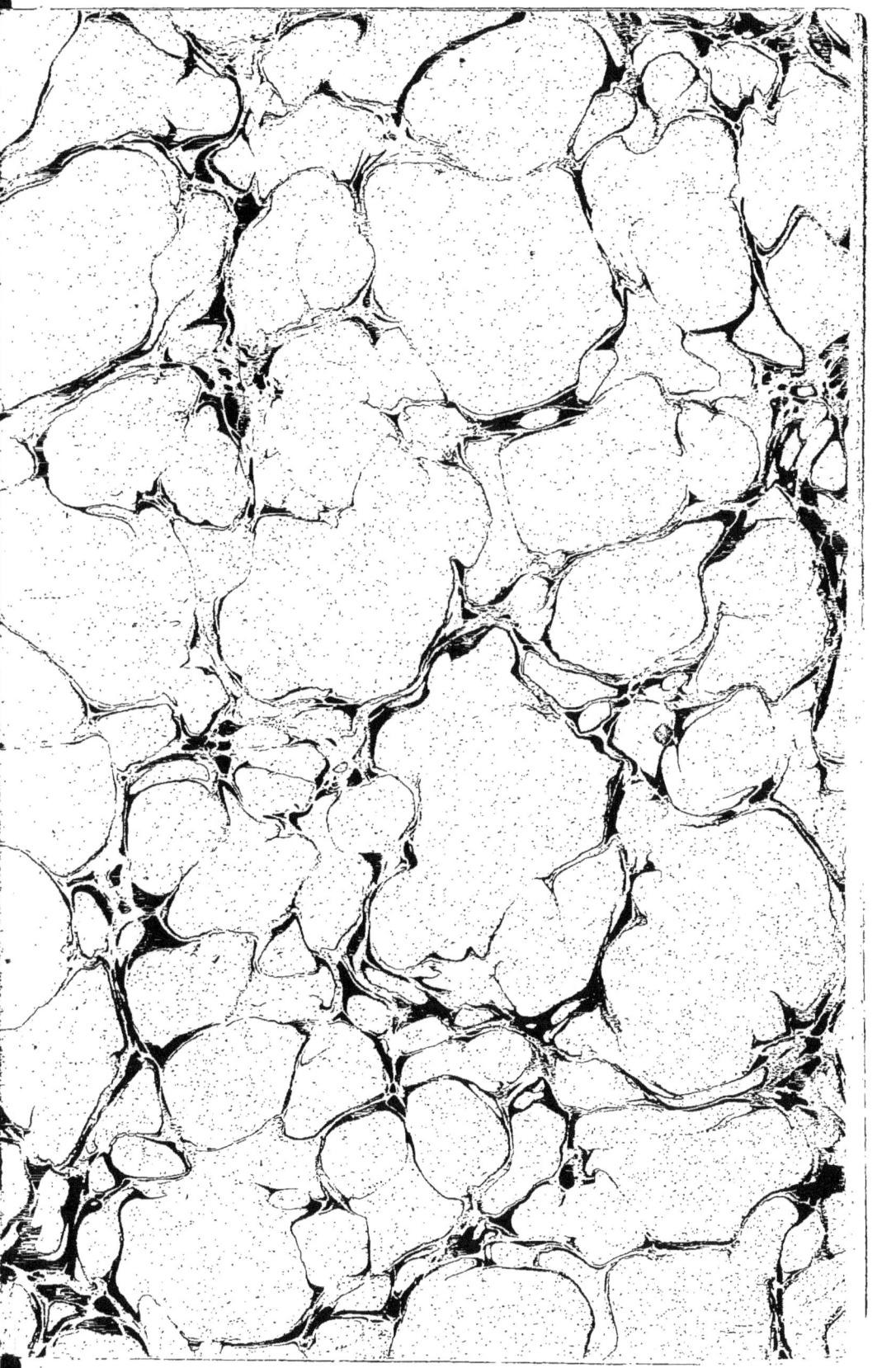

LE RABELAIS POPULAIRE
ÉDITION NOUVELLE MODERNISÉE
PAR
ALFRED TALANDIER
Député de la Seine

PRIX DE CHAQUE VOLUME: **UN FRANC CINQUANTE** (PAR LA POSTE : 1 f. 75

GARGANTUA

(ÉDITION TOUT-A-FAIT COMPLÈTE)

PARIS
LIBRAIRIE POPULAIRE
26 ET 35, Rue des Ecoles, 26 et 35

LE
RABELAIS POPULAIRE

EN VENTE A LA LIBRAIRIE POPULAIRE

Œuvres du curé Mèslier. Ce curé si célèbre, qui a renié à sa mort l'enseignement prétendu sacré qu'il avait été forcé du donner durant sa vie, a laissé, on le sait, une œuvre admirable dont on n'a pas publié d'édition complète depuis d'Holbach. La *Librairie Populaire* vient de publier cette œuvre en entier et sans aucune coupure. Notre édition est donc la seule complète. — Trois volumes.

Premier volume : LE BON SENS (attaque aux dogmes), précédé de la *Biographie du curé Meslier*. — Second volume : CE QUE SONT LES PRÊTRES (histoire critique de tous les clergés), avec le *Testament du curé Meslier*. — Trois-ème volume : LA RELIGION NATURELLE (où l'auteur pose les bases de la religion scientifique dite : Libr.-Pensée), précédée de la *Correspondance de Voltaire et d'Alembert sur l'œuvre du curé Meslier*.

Chaque volume se vend à part. Prix : 1 fr. 50

La Confession et les Confesseurs, par Léo TAXIL, suivi d'extraits authentiques des manuels et traités spéciaux en usage dans les séminaires, tels que *Les Diaconales*, par Mgr Bouvier, évêque du Mans: le *Catéchisme pour l'interrogation des jeunes filles*, par l'abbé LENFANT. curé de Villiers-le-Gambon ; le *Cours de luxure*, par le R. P. DEBREYNE, religieux trappiste; etc . . . . 1 fr. 50

L'Affaire Léo-Taxil-Pie IX, compte rendu du célèbre procès intenté à Léo Taxil par le comte Girolamo Mastaï, neveu du pape Pie IX. — Plaidoyer *in extenso* de Me Delattre. député de la Seine, défenseur de Léo Taxil. Une jolie brochure avec portraits . . . . 60 c.

Le Livre qu'il ne faut pas faire lire. — Cet ouvrage est le recueil authentique de la Pornographie sacrée. Il contient *in extenso*, entre autres pièces curieuses, le *Cantique des Cantiques*. — Très recommandé aux pères de famille républicains qui ont la faiblesse de laisser aller leur femme à la messe et leur fille au catéchisme. Ils apprendront quelles sont les infamies que cache la religion, quelle dépravation abominable existe dans les livres attribués par les prêtres à l'inspiration du Saint-Esprit. Un volume. . . . . 1 fr. 50

Pour recevoir *franco* par la poste, ajouter vingt cinq centimes pour le port de chaque volume.

La *Librairie Populaire* envoie gratis son catalogue complet à toute personne qui lui en fait la demande par lettre affranchie.

ALFRED TALANDIER

LE

RABELAIS

POPULAIRE

ÉDITION MODERNISÉE COMPLÈTE

L.P.

PARIS

LIBRAIRIE POPULAIRE

26, RUE DES ÉCOLES, 26

PRÉFACE

L'année 1483 vit naître deux hommes qui devaient exercer une influence considérable sur leur temps et sur les destinées futures de l'humanité : l'un, qui naquit à Eisleben, en Saxe, fut Martin Luther ; l'autre, qui naquit à Chinon, en Touraine, fut François Rabelais.

De ces deux hommes, lequel est le plus grand?

On causerait, je crois, un beau scandale si, dans une réunion de protestants, on allait affirmer que, de ces deux hommes, le plus grand, celui dont les idées sont destinées à exercer sur le monde l'influence la meilleure et la plus durable, fut, non Luther, mais Rabelais.

Quoi! nous dira-t-on, vous osez mettre en parallèle avec le père de la réformation protes-

*tante, avec l'homme qui a arraché la moitié de
l'Europe occidentale à la domination catholique,
avec le puissant réformateur qui a intronisé dans
le monde la liberté d'examen, avec Luther enfin,
ce bouffon, ce cynique de Rabelais, dont les
œuvres sont souillées de plus d'obscénités et d'im-
piétés qu'il ne s'en est jamais trouvé de réunies
dans un seul et même ouvrage ?*

*Oui, carrément, sans hésitation, — au risque de
scandaliser et d'horripiler tous les piétistes du
protestantisme, — nous osons soutenir que Rabelais fut un des plus grands philosophes modernes
et, conséquemment, l'un des ancêtres de cette
Révolution française qui, de l'aveu même des
historiens et des publicistes étrangers les plus
illustres, est le plus grand événement qui se soit
accompli dans l'histoire du genre humain (1).*

*Pour tout dire, Luther fut, pour son temps, le
plus grand ennemi de la domination papale;*

_____

(1) *Ce sont les termes mêmes de Henry Thomas Buckle,
qui dit dans son* Histoire de la Civilisation *que la Révolution française fut* unquestionably the most important, the
most complicated and the most glorious event in history.
(*Page 295 de l'édition de Leipzig, F. A. Brockaus, 1865.*)

mais Rabelais fut, — pour son temps et pour tous les temps à venir, — l'ennemi de toute domination théocratique. Luther voulut alléger le joug que le catholicisme faisait peser sur l'humanité, et les nations qui le suivirent changèrent en effet de joug, mais elles ne firent que changer de joug; tandis que Rabelais eut pour but de délivrer l'humanité de tous les jougs, religieux, politique, militaire, judiciaire et économique. Il s'attaqua à la racine même du mal, la superstition, le surnaturalisme, et donna pour objectif à la société humaine la réalisation de la justice et du bonheur par la science et la bonté.

Autant donc la Révolution française est supérieure à la Réformation protestante, autant Rabelais est supérieur à Luther.

Qui ne voit d'ailleurs, — je parle des esprits éclairés et libres, — que le protestantisme est fini, qu'il a donné tout ce qu'il pouvait donner, et que l'on peut dire qu'il a vécu. Aussi le dit-on, et cet épuisement, cette infécondité définitive de la réformation protestante, ce n'est pas nous seulement qui l'affirmons. Écoutez cette voix, celle d'un des plus grands savants de l'Angleterre,

M. Huxley, recteur de l'Université protestante d'Aberdeen :

« *La Réformation est épuisée, et un changement plus vaste et plus profond, une révolution intellectuelle est en voie d'accomplissement. Les hommes commencent encore une fois à s'apercevoir que les sujets qui font la matière de nos croyances et de nos spéculations ont pratiquement aussi bien que théoriquement une importance infinie, et ils abandonnent ce paresseux pays où il est toujours après midi, — la vallée du sommeil de l'indifférence, — pour se ranger chacun sous la bannière de son choix. L'esprit de changement est dans l'air même que nous respirons, il insiste pour que toutes les questions soient rouvertes, et que toutes les institutions, quelque vénérables qu'elles puissent être, soient sommées de dire de quel droit elles existent, et forcées de prouver qu'elles sont ou ne sont pas en harmonie avec les besoins réels ou supposés du genre humain.* »

(HUXLEY. *Discours d'installation comme recteur de l'Université d'Aberdeen.*)

Ah! la sincérité d'un tel langage a quelque chose de grand, de magnifique, et ce n'est pas au sein de l'Université de France, — nous sommes désolé d'avoir à le constater, — que nous trouverions un recteur, un seul, capable de parler du catholicisme avec la liberté d'esprit et la hauteur de vues que nous admirons dans cet illustre recteur d'une Université protestante, assez fort, assez indépendant, pour oser dire au monde que la Réformation est épuisée et qu'elle a donné tout ce qu'elle était capable de donner.

Et cependant, quel est ce changement plus vaste et plus profond, cette révolution intellectuelle qui, M. Huxley lui-même le constate, est en voie d'accomplissement? Est-ce que ce n'est pas précisément la Révolution française? la révolution inaugurée dans le monde par ce pays de France où l'on ne trouverait pas aujourd'hui un recteur pour parler comme M. Huxley?

Mais, il faut le dire, ce ne sont pas en France les recteurs, ni autres personnages du monde officiel, qui ont jamais été à la tête du mouvement intellectuel et révolutionnaire. Ceux qui ont été les originateurs, préparateurs et inaugurateurs de ce grand mouvement, sont partis de plus bas et montés bien plus haut; ce sont les Rousseau, les Voltaire, les Encyclopédistes dont Diderot porta *la bannière, et leur précurseur à tous, le bon, joyeux et puissant Rabelais, qui, à une époque épouvantable, l'époque des guerres de religion, voulut être le grand instructeur et consolateur, et « parce que le rire est le propre de l'homme », se servit du rire, comme jamais personne ne l'avait fait avant lui, pour faire pénétrer dans les esprits la douce lumière des plus hauts et des plus purs enseignements.*

On nous dit que son livre est plein d'obscénités? Cela n'est pas aussi vrai qu'on le dit; car, après l'avoir lu et relu bien souvent, nous sommes forcé de reconnaître qu'il en est resté dans notre esprit tout autre chose que des obscénités; et nous allons dire tout à l'heure quel est le rôle des obscénités chez Rabelais; mais il est bien certain que ce livre, écrit dans un français admirable, mais déjà trop vieux pour être aisément compris par des lecteurs peu lettrés, est bourré de gauloiseries énormes, de gravelures que le goût moderne ne supporte plus. Il faut donc tenir compte de deux choses : 1° du temps où le livre fut écrit; 2° des considérations puissantes qui amenèrent Rabelais à exagérer de propos délibéré les défauts du parler de son temps.

Sur le premier point, ne pourrait-on pas dire du français du XVIᵉ siècle, comme on l'a dit du latin, que « dans les mots il bravait l'honnêteté? » Nous ne croyons pas que cela puisse faire de doute. Puis, à cette époque-là, la langue se faisait; elle n'était pas encore faite. Nous trouvons donc dans l'œuvre de Rabelais quelque chose d'analogue à ce que nous présente un haut-fourneau au moment qui précède la coulée. Le métal est fondu : castine et minerai sont mélangés, et au-dessus flottent, montant et descendant, s'entre-choquant, et se brisant, tout ce que le fondant et le minerai ont pu contenir d'impuretés. Ainsi vue, la cuve semble ne contenir qu'un affreux mélange de saletés immondes. Mais écartez seulement les unes des autres ces impuretés grouillantes, et au-dessous apparaît pur, compact et brillant, le métal qui va être fondu dans le moule et duquel se sépareront, pour être jetées au dehors, les vitrifications impures qui, d'ailleurs, ne faisaient nullement corps avec le métal lui-même.

Ainsi en est-il de l'œuvre de Rabelais. Au-dessus de cette œuvre grandiose surnagent les obscénités qui, selon certains auteurs, forment tout le bagage de Rabelais; mais au-dessous, pur et sans tache, repose le beau métal d'où sont sor-

ties la langue, la philosophie, la littérature et,
en définitive, la Révolution française. Rien n'est
plus facile que de séparer le métal des impuretés
qui le cachent; et ceux qui se figurent, que les
gauloiseries enlevées, le livre que nous offrons à
la jeunesse ne sera pas intéressant, prouvent tout
simplement par **là** qu'ils ne connaissent pas
Rabelais et qu'ils **sont** incapables de pénétrer
au delà de la surface. Nous sommes certain, au
contraire, de l'avoir bien compris; et quand nous
y avons trouvé, à notre grand enchantement,
toutes les grandes idées pour le triomphe desquelles nous combattons aujourd'hui, même la
co-éducation des sexes dont on n'ose plus parler
à la tribune parlementaire, nous nous sommes
dit : Il n'est pas possible de laisser plus longtemps
un pareil livre ignoré de nos femmes et de nos
enfants. Ce livre est une Bible, un livre par
excellence, et nous le devons à nos filles aussi
bien qu'à nos garçons.

Sur le secod point, l'exagération des gauloiseries de Rabelais, il nous faut bien dire que ce
qui l'a conduit à exagérer les gravelures ordi-
naires du style de son temps, c'est qu'il avait à
faire passer de plus grosses vérités qu'aucune de
celles qui coûtèrent la vie à Louis Berquin, **à**

Étienne Dolet et à tant d'autres. Il fallait, pour désarmer le fanatisme terrible qui, alors, traquait partout les hérétiques, protestants ou libres penseurs, faire rire les puissants d'alors, faire rire surtout ce singulier protecteur des lettres, François Ier..... qui signa le premier concordat et sous le règne duquel s'allumèrent en France les bûchers de l'Inquisition. Rabelais y parvint; et il faut bien reconnaître que ce qui dépare un peu cette œuvre aujourd'hui, fut ce qui sauva du bûcher l'œuvre et l'auteur.

Mais il faut débarrasser de ses plaisanteries au gros sel le livre que la jeune fille devra lire avec son père et sa mère ou avec ses maîtresses, — et d'ailleurs, sans cette opération préalable, le livre ne serait pas reçu dans les établissements de l'Université. — Il faut aussi garder le livre avec ses salaisons même les plus fortes, pour les femmes qui le voudront lire avec leur mari et pour les maris eux-mêmes. De là les deux éditions que nous offrons au public. L'une, expurgée, pour les lycées de filles aussi bien que les lycées de garçons; l'autre, complète, pour tous ceux qui ne veulent être privés d'aucun propos torche-culatif, d'aucune critique des rêveurs mathé-rologiens du temps jadis, d'aucun baritonnement du cul *ou* emburelucoquement de l'esprit, *etc.*, *etc.*

Le travail a été long et méticuleux; mais il n'a pas été difficile.

Que les femmes et les hommes, les jeunes et les vieux, en jugent à leur plaisir. Nous n'avons obéi qu'à la seule loi édictée à Thélème :

Fais ce que voudras;

et c'est encore au nom de cette loi que nous nous rions des critiques dont notre travail pourra être l'objet.

ALFRED TALANDIER.

GARGANTUA

LA VIE TRÈS HORRIFIQUE DU GRAND GARGANTUA,
PÈRE DE PANTAGRUEL,
JADIS COMPOSÉE PAR MAITRE ALCOFRIBAS NASIER (1),
ABSTRACTEUR DE QUINTE ESSENCE.

AUX LECTEURS.

Amis lecteurs, qui ce livre lisez,
Dépouillez-vous de toute affection (2);
Et le lisant ne vous scandalisez.
Il ne contient mal ni infection.
Vrai est qu'ici peu de perfection
Vous apprendrez, si non en cas de rire :
Autre argument ne peut mon cœur élire.
Voyant le deuil qui vous mine et consomme,
Mieux est de ris que de larmes écrire :
Pour ce que rire est le propre de l'homme.

---

(1) *Alcofribas Nasier*, anagramme de François Rabelais.
(2) Il faut entendre ce mot dans le sens de *préoccupation*.

PROLOGUE DE L'AUTEUR

Buveurs très illustres, et vous, vérolés très précieux, (car c'est à vous et non à d'autres que sont dédiés mes écrits), Alcibiade, dans le dialogue de Platon, intitulé le Banquet, louant son précepteur Socrate, sans controverse prince des philosophes, dit, entre autres paroles, qu'il était semblable aux Silènes.

Les Silènes, jadis, étaient de petites boîtes, telles que nous en voyons à présent dans les boutiques des apothicaires, peintes au dehors de figures joyeuses et frivoles, telles que harpies, satyres, oisons bridés, lièvres cornus, canes bâtées, boucs volants, cerfs limonniers et autres telles peintures contrefaites à plaisir, pour exciter le monde à rire ; tel fut silène, maître du bon Bacchus : mais, au dedans, l'on réservait les fines drogues, comme baume, ambre gris, aromates, cinnamone, musc, civette, pierreries, et autres choses précieuses. Tel il disait être Socrate ; parce que, le voyant au dehors et le jugeant sur l'apparence, vous n'en eussiez donné un coupeau d'oignon, tant laid il était de corps, et ridicule en son maintien, le nez pointu, le regard effarouché, le visage d'un fou, simple de mœurs, rustique de vêtements, pauvre de fortune, infortuné en femmes, inepte à tous les offices

de la république, toujours riant, toujours buvant, toujours se moquant, toujours dissimulant son divin savoir.
Mais, si vous aviez ouvert la boîte, vous eussiez au
dedans trouvé une céleste et inappréciable drogue, entendement plus qu'humain, vertus merveilleuses, courage
invincible, sobriété non pareille (1), contentement certain,
assurance parfaite, mépris incroyable de tout ce pourquoi les humains tant veillent, courent, travaillent et
bataillent (2).

A quel propos, à votre avis, tend ce prélude et coup
d'essai? Pour autant que vous, mes bons disciples, et
quelques autres fous de loisir, lisant les joyeux titres
d'aucuns livres de notre invention, comme Gargantua,
Pantagruel, Fessepinte, la Dignité des braguettes, Des
Pois au lard, cum commento, jugez trop facilement
n'être au dedans traité que de moqueries, folâtreries et
menteries jogeuses : vu que l'enseigne extérieure (c'est le
titre), sans plus avant enquérir, est communément reçue
à dérision et gaudisserie. Mais il ne convient point de
juger si légèrement les œuvres des humains, car vous-
mêmes dites que l'habit ne fait point le moine; et tel est
vêtu d'habit monacal qui au dedans n'est rien moins que
moine; et tel est vêtu de cape espagnole, qui, par son
courage, n'est nullement digne de l'Espagne. C'est

---

(1) Éloge de la sobriété bien remarquable dans la bouche de ce
prétendu bouffon et ivrogne de Rabelais.

(2) Il s'agit ici évidemment de la fausse gloire, que Rabelais a
parfaitement raison de mépriser ou dépriser, comme il dit.

pourquoi il faut ouvrir le livre, et soigneusement peser
ce qui y est déduit. Alors vous connaîtrez que la drogue
dedans contenue est bien d'autre valeur que ne promet-
tait la boîte. C'est-à-dire que les matières y traitées ne
sont pas tant folâtres comme le titre au-dessus le donnait
à penser.

Et supposé le cas que, au sens littéral, vous trouviez
matières assez joyeuses et bien correspondantes au titre,
toutefois il ne faut pas en rester là; il ne faut pas vous
y laisser arrêter, comme au chant des sirènes, mais
chercher une plus haute signification à ce que, par
aventure, vous pourriez penser avoir été dit en gaieté de
cœur. Crochetâtes-vous jamais bouteilles? Caigne! (1)
Rappelez à votre mémoire la contenance que vous aviez.
Et vîtes-vous jamais chien rencontrant quelque os médul-
laire? C'est, comme dit Platon, Lib. 11, de Rep., la
bête du monde la plus philosophe. Si vous l'avez vu, vous
aurez pu noter avec quelle dévotion il le guette, avec
quel soin il le garde, avec quelle ferveur il le tient, avec
quelle prudence il l'entame, avec quel amour il le brise,
et avec quelle diligence il le suce. Qui l'induit a ce faire?
Quel est son espoir? Quel bien prétend-il en retirer? Rien
de plus qu'un peu de moelle. Il est vrai que ce peu est
plus délicieux que le beaucoup de toutes autres choses;
parce que la moelle est aliment élaboré à perfection de
nature, comme dit Galen. II, Facult. nat., et II, De Usu
partium.

(1) Interjection de l'italien *Cagna*, chienne.

A l'exemple de ce chien, il vous convient d'être sages pour flairer, sentir et estimer ces beaux livres de haut goût, légers à la poursuite et hardis à la rencontre. Puis, en méditant sur cette cuireuse leçon, il vous faut rompre l'os et sucer la substantifique moelle, c'est-à-dire ce que j'entends par ces symboles pythagoriques, avec espoir certain d'être améliorés de beaucoup par ladite lecture; car bien autre goût vous y trouverez et doctrine plus secrète, laquelle vous révélera de très hauts sacrements et mystères horrifiquess tant en ce qui concerne notre religion, que aussi l'état politique et la vie écono- mique (1).

Croyez-vous de bonne foi que jamais Homère ait pensé, en écrivant l'Iliade et l'Odyssée, aux allégories qui, de lui, ont passé à Plutarque, Héraclides Pontique, Eustathe, Phornute, et ce que d'iceux Polytien a dérobé? Si vous le croyez, vous n'approchez ni de pieds ni de mains de mon opinion, d'après laquelle Homère a aussi peu songé à ces allégories, qu'Ovide, dans ses Méta- morphoses, aux sacrements de l'Évangile, bien qu'un frère Lubin, vrai croquelardon, se soit efforcé de le démontrer, si d'aventure il rencontrait gens aussi fous que lui, savoir est, comme dit le proverbe, couvercle digne du chaudron.

Si vous ne le croyez pas, pourquoi n'en feriez-vous pas autant de ces joyeuses et nouvelles chroniques?

(1) Voilà le lecteur bien averti, j'espère.

Quoique, en les dictant, je n'y pensasse pas plus que vous, qui, par aventure, étiez peut-être à boire comme moi. Car, jamais je ne perdis ni employai, à la composition de ce livre seigneurial, d'autre temps que celui qui était consacré à ma réfection corporelle, savoir est à boire et à manger. Aussi est-ce vraiment l'heure convenable pour écrire ces hautes matières et sciences profondes. Comme bien faire savait Homère, parangon de tous philologues, et Ennius, père des poètes latins, ainsi qu'en témoigne Horace, dont un malautru s'est permis de dire que ses vers sentaient plus le vin que l'huile.

Autant en dit un tirelupin de mes propres livres; mais bren pour lui (1). L'odeur du vin! oh! combien plus elle est friante, riante, engageante, céleste et délicieuse que l'odeur de l'huile! Aussi prendrai-je à gloire qu'on dise de moi que plus en vin j'ai dépensé qu'en huile, ce que fit Démosthènes quand de lui on disait que plus en vin qu'en huile il dépensait. Ce ne m'est qu'honneur et gloire d'être dit et réputé bon gautier (2) et bon compagnon : car, comme tel, je suis bienvenu en toutes bonnes compagnies de pantagruelistes.

A Démosthènes, il fut reproché, par un chagrin (3), que ses discours sentaient comme le torchon d'un sale

---

(1) A traduire par le mot de Cambronne.

(2) Un risque-tout, du nom de gautier donné aux paysan révoltés qui, ayant, au XVIᵉ siècle, pris les armes pour se protéger, finirent par se mettre du parti de la ligue.

(3) Un chagrin est employé ici substantivement, comme un fâcheux dans Molière.

huilier. Pourtant, *interprétez tous mes faits et dits de la façon la plus parfaite : ayez en révérence le cerveau caséiforme qui vous nourrit de ces belles billevesées, et, si vous le pouvez, tenez-moi toujours joyeux.*

Or, ébaudissez-vous, mes amours, et gaiement lisez tout à l'aise du corps et au profit des reins. Mais écoutez, vietzdazes, que l'ulcère vous ronge; et, cependant, qu'il vous souvienne de boire à ma santé, et je vous ferai raison immédiatement.

GARGANTUA

CHAPITRE PREMIER.

DE LA GÉNÉALOGIE ET ANTIQUITÉ DE GARGANTUA.

Je vous renvoie à la grande chronique pantagruéline pour connaître la généalogie et antiquité d'où nous est venu Gargantua. Vous y verrez plus au long comment les géants naquirent en ce monde, et comment Gargantua, père de Pantagruel, descendit d'eux, en ligne directe : et ne vous fâchez pas si, pour le présent, je laisse là ce sujet. Bien que la chose soit telle que plus elle serait rappelée, plus elle plairait à vos seigneu ries : comme vous avez l'autorité de Platon, *in Phi lebo et Gorgias*, et de Flaccus, qui dit de certains propos, tels que ceux-ci, sans doute, qu'ils sont d'autant plus délectables que plus souvent ils sont redits.

Plût à Dieu qu'un chacun sût aussi certainement sa généalogie, depuis l'arche de Noé jusqu'à ce jour. Je pense que plusieurs sont aujourd'hui empereurs, rois, ducs, princes et papes sur terre, qui sont descendus de quelques porteurs de rogatons et de cotrets. Comme, au rebours, plusieurs sont gueux de l'hôtière, souffreteux et misérables, lesquels sont descendus de

1

sang et lignée de grands rois et empereurs; attendu
l'admirable transfert des règnes et empires :

Des Assyriens aux Mèdes :
Des Mèdes aux Perses ;
Des Perses aux Macédoniens ;
Des Macédoniens aux Romains;
Des Romains aux Grecs (1);
Des Grecs aux Français;

Et, pour vous donner à entendre de moi, qui parle, je
soupçonne que je suis descendu de quelque riche roi ou
prince du temps jadis ; car jamais vous ne vîtes homme
qui eût plus grande envie d'être roi et riche que moi :
afin de faire grand'chère, de ne pas travailler, de ne pas
m'inquiéter, et de bien enrichir mes amis et tous gens
de bien et de savoir. Mais ce qui me réconforte, c'est
de penser qu'en l'autre monde je le serai; voire, plus
grand que pour le présent je ne l'oserais souhaiter.
Vous, en telle ou meilleure pensée réconfortez votre
malheur, et buvez frais, si faire se peut.

Retournant à nos moutons, je dis que, par don souverain des cieux, nous a été conservée l'antiquité et
généalogie de Gargantua, plus entière que nulle autre,
excepté celle du Messie, dont je ne parle, car il ne
m'appartient, les diables (ce sont les calomniateurs et
cafards) s'y opposant. Cette généalogie fut trouvée par
Jean Audeau, en un pré qu'il avait près l'arceau Gua-
leau, au-dessous de l'Olive, tirant vers Narsay (2). Dans
cet arceau, les piocheurs, en réparant les fossés,

---

(1) Il nous semble que les Romains devraient être entre les
Grecs et les Français et non avant les Grecs.
(2) Lieux voisins de Chinon.

touchèrent, avec leurs outils, un grand tombeau de
bronze, long sans mesure ; car jamais il n'en trouvèrent
le bout, parce qu'il entrait trop avant sous les écluses
de la Vienne. En ouvrant ce tombeau en un certain
endroit désigné au-dessus par un gobelet, autour duquel
était écrit en lettres étrusques *hic bibitur* (ici l'on boit),
ils trouvèrent neuf flacons, en tel ordre qu'on pose les
quilles en Gascogne, desquels celui qui était au milieu
couvrait un gras, gros, grand, gris, joli, petit, moisi
livret, plus mais non mieux sentant que roses.

Dans celui-ci fut ladite généalogie trouvée, écrite
tout entière en lettres cancellaresques (1), non
en papier, non en parchemin, non en cire, mais en
écorce d'ormeau, si usées toutefois par vétusté qu'à
peine en pouvait-on reconnaître trois de suite.

Je (2), bien qu'indigne, y fus appelé, et, à grand renfort de bésicles, pratiquant l'art de lire les lettres man-
quantes, comme l'enseigne Aristote, je parvins à la traduire, ainsi que vous pourrez le voir en pantagruéli-
sant, c'est-à-dire buvant à gré et lisant les gestes hor-
rifiques de Pantagruel. A la fin du livre était un petit
traité intitulé, les *Fanfreluches antidotées*. Les rats et
les belettes, ou (afin que je ne mente) autres malignes
bêtes, avaient brouté le commencement ; le reste j'ai
ci-dessous ajouté, par révérence de l'antiquaille.

(1) De chancellerie.

(2) Rabelais met souvent, comme cela se fait en anglais,
l'adverbe entre le pronom et le verbe. Nous en conservons
quelques exepmles pour montrer la grande liberté du vieux français, liberté à la diminution de laquelle la langue n'a certainement pas gagné.

CHAPITRE II.

LES FANFRELUCHES ANTIDOTÉES, TROUVÉES EN UN MONUMENT ANTIQUE.

Ce chapitre qui, Rabelais lui-même prend soin de nous le dire, n'est édité que *par révérence de l'anti-quaille,* c'est-à-dire par pure moquerie, est écrit en vers burlesques absolument intraduisibles, mais susceptibles des interprétations les plus fantastiques et les plus contradictoires. Nous renvoyons les lecteurs à l'original, n'ayant nulle envie d'ajouter des hypothèses plus ou moins vraisemblables aux rêveries déjà imaginées par des commentateurs plus zélés peut-être que judicieux.

CHAPITRE III.

COMMENT GARGANTUA FUT PORTÉ ONZE MOIS AU VENTRE DE SA MÈRE.

Grandgousier était un fameux gaillard en son temps, aimant à boire net autant qu'homme qui pour lors fût au monde, et mangeant volontiers salé. A cette fin, il avait ordinairement bonne provision de jambons de Mayence et de Bayonne, force langues de bœuf fumées, abondance d'andouillettes en la saison, et bœuf salé à la moutarde. Renfort de boutargues (1), provision de saucisses, non de Boulogne (car il craignait *li bouconi de Lombardie* (2) mais de Bigorre, de Longaulnay, de la Brenne et du Rouergue.

En son âge viril il épousa Gargamelle, fille du roi des Parpaillots, belle fille et de bon visage, et souvent ensemble ils faisaient la bête à deux dos, joyeusement se frottant leur lard, si bien qu'elle devint grosse d'un beau fils et le porta jusqu'au onzième mois.

Car autant, et même davantage, peuvent les femmes ventre porter, surtout quand c'est quelque chef-d'œuvre et personnage qui doive en son temps faire de grandes prouesses. Comme, dit Homère, que l'enfant dont Neptune engrossa la nymphe, naquit l'an après révolu, c'est-à-dire le douzième mois. Car (comme dit Aulus Gellius, *lib. III*) ce long temps convenait à la majesté de Neptune, afin que l'enfant fût formé en perfection. Pour la même raison Jupiter fit durer quarante-huit heures la nuit qu'il coucha avec Alcmène, car en moins de temps il n'aurait pu forger Hercules, qui nettoya le monde de monstres et de tyrans.

Messieurs les anciens pantagruélistes ont confirmé ce que je dis et ont déclaré non seulement possible, mais aussi légitime l'enfant né de la femme le onzième mois, après la mort de son mari.

Hippocrate, *lib. de Alimento.*

Pline, *lib VII, cap. V.*

(1) Espèce de caviar.
(2) Bouchées italiennes (empoisonnées).

Plaute, *in Cistellaria*.

Marcus Varro, en la satire intitulée *le Testament*, al-léguant l'autorité d'Aristote à ce propos.

Censorinus, *lib. de Die natali*.

Aristote, *lib.* 7, *cap.* 3 *et* 4 *de Natura animalium*.

Gellius, *lib.* 73, *cap.* 16.

Servius *in Ecl. IV*. exposant ce mètre de Virgile :

> Matri longa decem, etc.

Et mille autres fous, dont les légistes ont accru le nombre. § *de suis, et legit. l. intestato.* § *fin.*

Et *in Authent. de restitut. et ea quæ parit in unde-cimo mense.*

De plus, ils en ont bourré leur robidilardique loi, *Gallus,* § *de lib. et posthum* et *l. septimo,* § *de stat. homin.* et quelques autres que pour le présent je n'ose dire.

Moyennant lesquelles lois, les femmes veuves peuvent franchement jouer du serrecroupière, à leur aise, deux mois après le trépas de leurs maris. Je vous prie, par grâce, vous autres mes bons compagnons, si d'icelles en trouvez qui en vaillent la peine, débra-guettez, montez dessus et me les amenez ; car, si au troisième mois elles deviennent grosses, leur fruit sera héritier des défunts. Et, une fois la grossesse connue, elles peuvent hardiment pousser outre, et vogue la galère.

Comme Julie, fille de l'empereur Octavien, ne s'a-bandonnait à ses taboureurs que lorsqu'elle se sentait grosse, par cette raison que le navire ne reçoit son pilote, que premièrement il ne soit calfaté et chargé.

Et si personne les blâme de se faire rataconni-culer ainsi sur leur graisse, vu que les bêtes, sur leurs ventrées, n'endurent jamais le mâle masculant, elles répondront que ce sont bêtes, mais qu'elles sont femmes, bien entendant les beaux et joyeux menus droits de superfétation : comme jadis répondit Populie, selon le rapport de Macrobe, *lib.* 2, *Saturnal.* Si le diable ne le veut, il faudra donc tordre le douzil: ainsi, bouche close.

CHAPITRE IV.

COMMENT GARGAMELLE, ÉTANT GROSSE DE GARGANTUA, MANGEA GRAND PLANTÉ DE TRIPES (1.)

L'occasion et manière dont Gargamelle enfanta fut celle-ci; et si vous ne le croyez, que le fondement vous échappe. Le fondement lui échappait une après-dînée, le troisième jour de février, pour avoir trop mangé de gaudebillaux. Gaudebillaux sont grasses tripes de coiraux. Coiraux sont bœufs engraissés à la crèche et aux prés guimaux. Prés guimaux sont prés qui portent

(1) Le mot *planté*, qui a disparu du français, existe encore en anglais sous la forme *plenty* et veut dire beaucoup.

Le sens de *planté* nous paraît plus intelligible encore en français que celui de *plenty* en anglais. La locution originaire a dû contenir outre l'adjectif verbal *planté*, de *planter*, un substantif indiquant l'espace (champ, carré de jardin, couche, etc.) planté de ceci ou de cela. *Beaucoup* est une formation analogue.

herbe deux fois l'an. De cés bœufs gras on avait fait tuer trois cent soixante-sept mille et quatorze, pour être salés au mardi-gras, afin d'avoir au printemps bœuf de saison à tas, pour, au commencement des repas, faire commémoration de salures et mieux entrer en vin.

Les tripes furent copieuses, comme vous entendcz bien, et si friandes que chacun s'en léchait sés doigts (1). Mais la grande diablerie à quatre personnages (2), était en ce qu'il n'était pas possible de les garder longtemps, car elles se fussent gâtées, ce qui aurait été dommage. Il fut donc conclu que, pour n'en rien perdre, ils baffreraient le tout immédiatement.

Pour ce faire, on convia tous les citadins de Sainnais, de Suillé, de La Roche-Clermaud, de Vaugaudry, sans oublier le Couldray, Montpensier, le Gué de Vède, et autres voisins, tous bons buveurs, bons compagnons et beaux joueurs de quille, da. Le bonhomme Grandgousier y prenait plaisir bien grand et commandait que tout allât par écuelles. Toutefois, il conseillait à sa femme d'en manger le moins possible, vu qu'elle approchait de son terme, et que cette tripaille n'était viande très louable.

Nonobstant ces remontrances, elle en mangea plus de seize muids.

Après dîner tous allèrent pêle-mêle à la Saulsaye, et

(1) On dit aujourd'hui *s'en lécher les doigts*, mais une locution pour être démodée ne cesse pas d'être française.

(2) La grande diablerie à quatre personnages (d'où la locution *le diable à quatre*) est une allusion aux anciens mystères, dans lesquels figuraient un plus ou moins grand nombre de diables, selon l'importance dé la pièce.

là, sur l'herbe drue, dansèrent au son des joyeux fla-
geolets et des douces cornemuses si baudement (1)
que c'était passe-temps céleste de les voir ainsi se rigoler (2).

CHAPITRE V.

LES PROPOS DES BUVEURS.

Puis, ils convinrent de goûter en ce même lieu.

Lors, flacons d'aller, jambons de trotter, gobelets
de voler, coupes de tinter.

— Tire, bâille, tourne, brouille !

— Boute à moi sans eau ; ainsi, mon ami.

— Fouette-moi ce verre (3) galamment.

— Produits-moi du clairet, verre pleurant (4).

— Trèves de soif !

— Ha ! fausse fièvre, ne t'en iras-tu pas ?

---

(1) Si nous rapprochons ce vieil adverbe *baudement* de l'anglais
baud, nous trouvons qu'il veut dire joyeusement et licencieuse-
ment.

(2) S'amuser avec une extrême liberté.

(3) Fouetter un verre, c'est le vider si bien qu'il n'en puisse
tomber une goutte en le retournant et frappant le fond du verre
avec la main.

(4) *Verre pleurant*, un verre où il ne reste que quelques larmes
de vin.

1.

— Par ma foi, commère, je ne peux entrer en bette (1).

— Vous êtes morfondue, m'amie.

— Voire! ventre-saint-Quenet, parlons de boire.

— Je ne bois qu'à mes heures, comme la mule du pape.

— Je ne bois qu'en mon bréviaire (2), comme un beau père gardien.

— Qui fut premier, soif ou buverie?

— Soif; car, qui eût bu sans soif durant le temps d'innocence?

— Buverie : car *privatio præsupponit habitum* (3). Je suis clerc. *Fæcundi calices quem non facere disertum* (4)?

— Nous autres innocents (5), ne buvons que trop sans soif.

— Non, moi, pécheur sans soif : et sinon présente, pour le moins future, la prévenant comme vous l'entendez. Je bois pour la soif à venir. Je bois éternellement. Ce m'est éternité de buverie, et buverie d'éternité.

— Chantons, buvons, un mottet entonnons?

— Où est mon entonnoir? Quoi? je ne bois que par procuration.

---

(1) *Bette* ne me paraît pas un abrégé de buvette, mais un mot du vieux français analogue à l'anglais *bet*, pari : la phrase alors voudrait dire : je n'ai pas besoin de parier à qui boira le plus.

(2) Allusion à l'invention des flacons en forme de bréviaire.

(3) La privation présuppose l'usage.

(4) Quel est celui que les coupes fécondes ne rendraient pas éloquent?

(5) Allusion à la torture par l'eau.

— Mouillez-vous pour sécher ou séchez-vous pour mouiller ?

— Je n'entends point la théorie ; de la pratique, je m'aide quelque peu.

— Bast ! je mouille, j'humecte, je bois : et le *tout* de peur de mourir.

— Buvez toujours, vous ne mourrez jamais.

— Si je ne bois, je suis à sec ; me voilà mort. Mon âme s'enfuira en quelque grenouillière : en sec jamais l'âme n'habite.

— Sommeliers, ô créateurs de nouvelles formes, rendez-moi de non buvant, buvant. Perennité d'arrosement par ces nerveux et secs boyaux.

— Pour néant boit qui ne s'en sent.

— Celui-ci entre dedans les veines, rien, rien ne s'en perdra.

— Je laverais volontiers les tripes de ce veau que j'ai ce matin habillé.

— J'ai bien lesté mon estomac.

— Si le papier de mes cédules buvait aussi bien que moi, mes créanciers seraient bien attrapés quand on viendrait à la production des pièces (1).

— Cette main vous gâte le nez (2).

— O combien d'autres y entreront, avant que celui-ci en sorte !

— Boire à petit gué, c'est pour rompre son poitrail (3).

— Ceci s'appelle pipée à flacons.

(1) L'encre aurait été entièrement absorbée par le papier.

(2) Portez la main à votre verre, au lieu de vous gratter le nez.

(3) Allusion à la peine qu'ont les chevaux sellés et bridés pour boire à une eau trop basse.

— Quelle différence est entre bouteilles et flacons?

— Grande : car bouteille est fermée à bouchon, et flacon à vis.

— De belles! nos pères burent bien et vidèrent les pots (1).

— C'est bien chié chanté; buvons !

— Voulez-vous rien mander à la rivière? celui-ci va y laver les tripes.

— Je ne bois pas plus qu'une éponge.

— Je bois comme un templier.

— Et je, *tanquam sponsus* (2).

— Et moi, *sicut terra sine aquâ* (3).

— Un synonyme de jambon?

— C'est une compulsion de buvette.

— C'est une poulie. Par la poulie, on descend le vin en cave ; par le jambon, en l'estomac.

— Or ça, à boire, à boire, ça. Il n'y a point charge.

— *Respice personam, pone pro duos : bus non est in usu* (4).

— Si je montais aussi bien que j'avalle (5), je serais déjà haut en l'air.

> Ainsi se fit Jacques-Cœur riche
> Ainsi profitent bois en friche;
> Ainsi conquesta Bacchus l'Inde;
> Ainsi philosophie Mélinde (6).

(1) Et burent à pots.

(2) Comme un fiancé.

(3) Et moi, comme une terre desséchée.

(4) Ayez égard à la personne, versez pour deux : *bus*, le passé, n'est pas en usage.

(5) *J'avalle*, je descends.

(6) Le vers serait peut-être plus clair s'il était ainsi modernisé : Ainsi ruse conquit Mélinde.

— Petite pluie abat grand vent; longues buvettes rompent le tonnerre. Mais si ma couille pissait telle urine, la voudriez-vous bien sucer? Je retiens après.

— Page, verse! Je m'inscris pour avoir mon tour.

— Hume, Guillot,
Encore y en a-t-il au pot!

— Je me porte pour appelant de soif, comme d'abus. Page relève mon appel en forme. J'avais coutume jadis de boire tout, maintenant je n'y laisse rien.

— Ne nous hâtons pas, et amassons bien tout.

— Voici tripes de jeu, gaudebillaux à faire envie, de ce fauveau à la raie noire.

— O, pour Dieu, étrillons-le à profit de ménage.

— Buvez, ou je vous... Non, non, buvez, je vous en prie.

— Les passereaux ne mangent sinon qu'on leur tape les queues. Je ne bois sinon qu'on me flatte.

— *Lagona edatera* (1). Il n'y a rabouillère en tout mon corps où ce vin ne furète la soif. Celui-ci me la fouette bien; celui-là me la bannira entièrement.

— Cornons ici, à son de flacons et de bouteilles, que quiconque aura perdu la soif ne vienne la chercher céans. Longs clystères de buverie l'ont fait vider hors le logis.

— Le grand Dieu fit les planètes et nous faisons les plats nets.

— J'ai la parole de Dieu en bouche : *Sitio* (2).

---

(1) En basque : compagnons à boire!
(2) J'ai soif.

— La pierre dite *asbestos* n'est pas plus inextinguible que la soif de ma paternité.

— L'appétit vient en mangeant, disait Angeston ; mais la soif s'en va en buvant.

— Remède contre la soif ?

— Il est contraire à celui qui est contre la morsure des chiens : courez toujours après le chien, jamais il ne vous mordra ; buvez toujours avant la soif, jamais elle ne vous atteindra.

— Je vous y prends, je vous réveille.

— Sommelier éternel, garde-nous de somme. Argus avait cent yeux pour voir ; il faut cent mains à un sommelier, comme les avait Briarée, pour infatigablement verser.

— Mouillons, hai ! il fait beau sécher.

— Du blanc, verse tout, verse, de par le diable ! verse deçà, tout plein, la langue me pèle.

— Hans, tringue (1) ; à toi, compagnon, dehait ! dehait !

— Ha, la, la, c'est morfiaillé (2), cela.

— O lacryma Christi (3), c'est de la Devinière (4) ; c'est du vin pineau.

— O le gentil vin blanc, par mon âme, ce n'est que vin de taffetas (5).

---

(1) *Trink, ländsmann*, bois, camarade, pays.

(2) C'est drôlement bu, cela. (Terme d'argot.)

(3) O larme du Christ, vin de Viterbe, en Italie

(4) Propriété de Rabelais, près Chinon.

(5) Doux à boire comme le taffetas au toucher. C'est ainsi que les Anglaises appellent le gin *white satin*, du satin blanc.

— Heu, heu, il est à une oreille (1), bien drapé et de bonne laine.

— Mon compagnon, courage ! pour ce jeu, nous ne volerons pas, car j'ai fait un levé (2).

— *Ex hoc in hoc* (3). Il n'y a point d'enchantement, chacun l'a vu.

— J'y suis maître passé. Broum, broum, je suis prêtre macé (4).

— O les buveurs, ô les altérés, Page, mon ami, emplis ici et couronne le vin, je te prie. A la cardinale (5). *Natura abhorret vacuum* (6).

— Diriez-vous qu'une mouche y eût bu ?

— A la mode de Bretagne : net, net, à ce piot.

— Avalez, ce sont herbes (7).

---

(1) C'est-à-dire, il vous fait pencher la tête, en signe d'approbation ou de demi-sommeil.

(2) Du coude.

(3) De cela en cela : du verre dans l'estomac, escamoté.

(4) Genre d'équivoque commun chez Rabelais, entre maître passé et prêtre macé.

(5) A rouges bords.

(6) La nature a horreur du vide.

(7) Herbes médicinales qui vous feront du bien.

CHAPITRE VI.

COMMENT GARGANTUA NAQUIT EN FAÇON BIEN ÉTRANGE.

Pendant qu'ils tenaient ces menus propos de buverie, Gargamelle commença à se porter mal du bas, ce qui força Grandgousier à se lever de dessus l'herbe et à venir la réconforter honnêtement, pensant que ce fût mal d'enfant, et lui disant qu'elle s'était là étendue sur l'herbe et abritée sous la saulaye, et que bientôt elle se porterait mieux que jamais : par conséquent ce qu'elle avait de mieux à faire était de prendre courage nouveau, au nouvel avènement de son poupon ; et que la douleur, bien qu'elle lui causât de la peine, serait brève, et que la joie, qui bientôt lui succéderait, lui enlèverait tout ennui, en sorte qu'il lui en resterait à peine la souvenance.

— Je le prouve, disait-il : Notre Sauveur dit, en l'évangile de Saint-Jean, XVI : « La femme qui est à l'heure de son enfantement a tristesse ; mais, lorsqu'elle a enfanté, elle n'a souvenir aucun de son angoisse. »

— Ha ! dit-elle, vous dites bien, et j'aime beaucoup mieux ouir tels propos de l'Évangile, et beaucoup mieux m'en trouve, que d'ouir la vie de sainte Marguerite, ou quelque autre capharderie.

— Courage de brebis, disait-il, dépêchez-vous de celui-ci, et bientôt faisons-en un autre.

— Ha ! dit-elle, vous en parlez à votre aise, vous autres hommes : eh bien, de par Dieu, je m'y efforcerai, puisque cela vous plaît. Mais plût à Dieu que vous l'eussiez coupé !

— Quoi? dit Gsandgousier.

— Ha ! dit-elle, que vous êtes bon homme ! vous l'entendez bien !

— Mon membre ! Est-ce vrai? dit-il, sang des chèvres ! Si bon vous semble, faites apporter un couteau.

— Ha ! dit-elle, à Dieu ne plaise. Dieu me le pardonne, je ne le dis de bon cœur, et, pour ma parole, n'en faites ni plus ni moins. Mais j'aurai assez d'affaires aujourd'hui, si Dieu ne m'aide, et tout cela par votre membre, afin que vous fussiez bien aise.

— Courage, courage ! dit-il, ne vous souciez du reste, et laissez faire aux quatre bœufs de devant. Je m'en vais boire encore quelque petit coup. Si cependant le mal empirait, il vous suffira de m'appeler en faisant un porte- voix de votre main, pour que j'accoure vers vous.

Peu de temps après elle commença à soupirer, se lamenter et crier. Soudain vinrent à tas sages-femmes de tous côtés. Et, la tâtant par le bas, elles trouvèrent quelques pellauderies, sentant assez mauvais, et pensaient que ce fût l'enfant. Mais c'était le fondement qui lui échappait, à la mollification du droit intestin, lequel vous appelez le boyau cullier, pour avoir mangé trop de tripes, comme nous l'avons dit ci-dessus.

Dont une sale vieille de la compagnie, laquelle avait réputation d'être grande doctoresse, et là était venue de Brisepaille, d'auprès Saint-Genou, il y avait soixante ans de cela, lui fit un restrinctif (1) si horrible que tous

(1) Un remède astringent.

ses larrys (1) tant furent bouchés et resserrés qu'à grande
peine, avec les dents vous les eussiez élargis, ce qui est
chose bien horrible à penser; car autant faudrait-il
faire que le diable, qui, pendant une messe que disait
saint Martin, écrivant le caquetage de deux gauloises,
à belles dents allongea bien son parchemin.

Par cet inconvénient, furent au-dessus relâchés les
cotylédons de la matrice, par lesquels sursauta l'enfant,
qui entra en la veine cave, et, gravissant par le dia-
phragame jusques au-dessus des épaules, où ladite
veine se divise en deux, prit son chemin à gauche et
sortit par l'oreille senestre. Soudain qu'il fut né, il ne
cria point comme les autres enfants, *mies, mies, mies;*
mais, à haute voix, il s'écria : *à boire! à boire! à boire!*
comme s'il eût invité tout le monde à boire, si bien
qu'il fut oui de tout le pays de Beusse (2) et de Bibarois (3).

Je me doute que vous ne croyez point cette étrange
nativité. Si vous ne le croyez, je ne m'en soucie. Mais
un homme de bien, un homme de bon sens croit toujours ce qu'on lui dit, et qu'il trouve par écrit. Est-ce
que Salomon ne dit pas, *Proverbiorum, XIV: Innocens
credit omni verbo,* etc. (4), et saint Paul, *prim. Corin-
thior. XIII : Charitas omnia credit* (5)? Pourquoi ne le
croiriez-vous pas ? Parce que, dites-vous, il n'y a nulle
apparence. Je vous dis que, pour cette seule cause,

----

(1) Membranes.
(2) Beusse, bourg et rivière du Loudunois.
(3) Bibarois, Vivarais prononcé à la gasconne. Ces deux mots
rappellent l'idée de boire.,
(4) L'innocent croit toute parole.
(5) La charité croit tout.

vous devez le croire, en foi parfaite. Car les sorbon-
nistes disent que foi est argument des choses de nulle
apparence (1).

Est-ce contre notre loi, notre foi, contre la raison,
contre la Sainte-Écriture? Pour ma part, je ne trouve
rien dans la sainte Bible qui soit contre cela. Mais, si
telle eût été la volonté de Dieu, diriez-vous qu'il ne
l'eût pu faire? Ha! de grâce, n'emburelucoquez jamais
vos esprits de ces vaines pensées. Car je vous dis qu'à
Dieu rien n'est impossible. Et, s'il le voulait, les femmes,
dorénavant, auraient ainsi leurs enfants par l'oreille.
Bacchus ne fut-il pas engendré par la cuisse de Jupiter?
Rocquetaillade ne naquit-il pas du talon de sa mère?
Croquemouche, de la pantoufle de sa nourrice? Mi-
nerve ne naquit-elle pas du cerveau par l'oreille de
Jupiter? Adonis, par l'écorce d'un arbre de myrrhe?
Castor et Pollux, de la coque d'un œuf pondu et couvé
par Léda? Mais vous seriez bien davantage ébahis et
étonnés, si je vous exposais présentement tout le chapitre de Pline, où il est parlé des enfantements étranges
et contre nature. Et cependant je ne suis point un men-
teur aussi déterminé que lui. Lisez le septième livre
de son *Histoire naturelle*, chap. III, et ne m'en tara-
bustez plus l'entendement.

_____

(1) Nous prions le lecteur de donner l'attention qu'il mérite à
ce passage qui, à lui seul, réfuterait tout ce qu'ont dit les plus
amers critiques de Rabelais contre la logique de son scepticisme
religieux. (Voir notamment l'historien anglais Henry-Thomas
Buckle, *pages* 213 *et* 214 de son *History of Civilisation in
England.*)

CHAPITRE VII.

COMMENT GARGANTUA FUT AINSI NOMMÉ, ET COMMENT IL HUMAIT LE PIOT.

Le bonhomme Grandgousier, buvant et se rigollant avec les autres, entendit le cri horrible que son fils avait fait en venant à la lumière de ce monde, quand il brâmait, demandant à boire ! à boire ! à boire ! ce qui lui fit dire : *Que grand tu as* (sous-entendu le gosier.) Ce qu'entendant les assistants dirent que vraiment il devait, pour cette raison, avoir le nom de *Gargantua*, puisque telle avait été la première parole de son père à sa naissance, à l'imitation et exemple des anciens Hébreux. A quoi fut condescendu par celui-ci, et par sa mère, à qui cela plut très bien. Pour apaiser l'enfant, on lui donna à boire à tirelarigot, puis il fut porté sur les fonts, et là baptisé, selon la coutume des bons chrétiens.

Et lui furent ordonnées dix-sept mille neuf cent treize vaches de Pautillé et de Bréhémond (1), pour l'allaiter ordinairement ; car, de trouver une nourrice suffisante n'était possible en tout le pays, considérée la grande quantité de lait requise pour l'alimenter. Cependant, certains docteurs scolistes ont affirmé que sa mère l'allaita et qu'elle pouvait traire de ses mamelles quatorze cent deux pipes et neuf potées de lait à chaque fois, ce qui n'est pas vraisemblable. Aussi cette propo-

_____

(1) Villages du Chinonais renommés pour leurs beaux pâturages.

sition a-t-elle été déclarée par la Sorbonne scandaleuse, offensive pour les oreilles délicates, et sentant de loin l'hérésie.

En cet état il passa un an et dix mois. Alors, sur le conseil des médecins, on commença à le porter, et il lui fut fait, par l'invention de Jean Denyau, une belle charrette à bœufs, dans laquelle on le promenait par-ci par-là, joyeusement; et il faisait bon le voir, car il était de bonne mine et avait presque dix-huit mentons. Il ne criait que bien peu, mais il se conchiait à toutes heures; car il était merveilleusement phlegmatique des fesses, tant de sa nature que de la disposition acciden- telle qu'il avait contractée à trop humer de purée sep- tembrale (1)? Et n'en humait goutte sans cause. Car, s'il arrivait qu'il fût dépité, courroucé, fâché ou marry; s'il trépignait, pleurait ou criait, en lui apportant à boire, on le remettait en sa nature et soudain il de- meurait coi et joyeux. Une de ses gouvernantes m'a dit, jurant sa foi, que de ce faire il était tant coutu- mier, qu'au seul son des pintes et flacons il entrait en extase, comme s'il goûtait les joies du paradis. En sorte qu'elles, considérant cette disposition divine, pour le réjouir au matin, faisaient devant lui sonner des verres avec un couteau, ou des flacons avec leur bou- chon, ou des pintes avec leur couvercle. A ce son il s'égayait, tressaillait et se berçait de lui-même en dode- linant de la tête, monochordisant des doigts et bari- tonnant du cul.

---

(1) C'est-à-dire de vin qui se fait au mois de septembre.

CHAPITRE VIII.

COMMENT ON VÊTIT GARGANTUA.

Lorsqu'il fut arrivé à cet âge, son père ordonna qu'on lui fît des habillements à sa livrée, laquelle était blanc et bleu. De fait, on y prit de la peine, et ils furent faits, taillés et cousus à la mode qui pour lors courait. Par les anciens registres qui sont en la chambre des comptes à Montsoreau, je trouve qu'il fut vêtu comme suit :

Pour sa chemise, furent levées neuf cents aunes de toile de Chatelleraud, et deux cents pour les goussets, en forme de carreaux, lesquels on mit sous les aisselles. La chemise n'était point froncée, car la fronçure des chemises n'a été inventée que depuis que les lingères, lorsque la pointe de leur aiguille était rompue, ont commencé à besoigner du cul.

Pour son pourpoint, furent levées huit cent treize aunes de satin blanc; et pour les aiguillettes, quinze cent neuf peaux et demie de chiens. Lors commença le monde à attacher les chaussses au pourpoint, et non le pourpoint aux chausses : car c'est chose contre nature, comme l'a amplement déclaré Óckam sur les Exponibles de M. Haute-Chaussade (1).

our ses chausses, furent levées onze cent cinq aunes et un tiers d'étamine blanche, et furent déchi-

_____

(1) Cette dissertation sur les chausses, attribuée à Ockam, fameux théologien scolastique anglais du xiv⁴ siècle, rappelle Aristote et son chapitre *des chapeaux*, cité par Molière.

quetées, en forme de colonnes striées et crénelées par le derrière, afin de ne point échauffer les reins. Et y flocquait par dedans la déchiqueture de damas bleu, tant que besoin était. Et notez qu'il avait les jambes belles et bien proportionnées à sa stature.

Pour la braguette furent levées seize aunes et un quart du même drap et elle fut en forme d'arc-boutant, bien attachée joyeusement à deux belles boucles d'or que prenaient deux crochets d'émail, en chacun desquels était enchassée une grosse émeraude de la grosseur d'une orange. Car (ainsi que dit Orphéus, *Libro de Lapidibus*, et Pline, *Libro ultimo*) elle a vertu érective et confortative du membre naturel. L'ouverture de la braguette était de la longueur d'une canne, déchiquetée comme les chausses, avec le damas bleu flottant comme d'avant. Mais, en voyant la belle brodure de canetille et les plaisants entrelacs d'orfèvrerie garnis de fins diamants, fins rubis, fines turquoises, fines émeraudes et unions persiques, vous l'eussiez comparée à une belle corne d'abondance, telle que vous en voyez aux antiquailles et telle qu'en donne Rhéa aux deux nymphes Adrastea et Ida, nourrices de Jupiter.

Toujours galante, succulante, résudante, toujours verdoyante, toujours fleurissante, toujours fructifiante, pleine d'humeurs, pleine de fleurs, pleine de fruits, pleine de toutes délices. J'avoue Dieu s'il ne la faisait bon voir. Mais je vous en exposerai bien davantage au livre que j'ai fait *de la dignité des braguettes*. D'un cas je vous avertis, c'est que, si elle était bien longue et bien ample, aussi était-elle bien garnie en dedans et bien ravitaillée, en rien ne ressemblant aux hypocritiques braguettes d'un tas de muguets (1) qui ne sont pleines que de vent, au grand préjudice du sexe féminin.

Pour ses souliers, furent levées quatre cent six aunes de velours bleu cramoisi, et furent déchiquetées mignonnement par lignes parallèles, jointes en cylindres uniformes. Pour leur garniture furent employées onze cents peaux de vache brune, taillées à queue de merluche.

Pour son sayon, furent levées dix-huit cents aunes de velours bleu teint en cochenille, brodé à l'entour de belles vignettes, et au milieu de pintes d'argent de canetille, enchevêtrées de verges d'or, avec force perles; par ce dénotant qu'il serait un bon fessepinte en son temps.

Sa ceinture fut de trois cents aunes et demie de serge de soie moitié blanche et moitié bleue, ou je suis bien abusé.

Son épée ne fut de Valence, ni son poignard de Sarragosse, car son père haïssait tous ces hidalgos ivrognes, incrédules comme diables; mais il eut la belle épée de bois et le poignard de cuir bouilli, peints et dorés à souhait.

Sa bourse fut faite de la vessie d'un éléphant, que lui donna le seigneur Pracontal, proconsul de Lybie.

Pour sa robe, furent levées neuf mille six cents aunes moins deux tiers de velours bleu, comme dessus, tout profilé d'or en figure diagonale dont, au jeu de la lumière, apparaissait une couleur innommée telle que cela se voit au cou des tourterelles, et qui réjouissait merveilleusement les yeux des spectateurs.

Pour son bonnet, furent levées trois cent deux aunes

_____

(1) Galants.

un quart de velours blanc, et la forme en fut large et
ronde selon la capacité du chef. Car son père disait que les bonnets à la mauresque, faits comme une
croûte de pâté (1), porteraient quelque jour malencon-
tre à leurs tondus.

Pour son plumart, il portait une belle grande plume
bleue, tirée d'un pélican de la sauvage Hircanie, bien
mignonnement pendante sur l'oreille droite.

Pour bijou, il avait, sur une plaque d'or pesant
soixante-huit marcs, une figure d'émail qui représentait
un corps humain ayant deux têtes tournées l'une vers
l'autre, quatre bras, quatre pieds et deux culs; pareille à ce que, dit Platon, *in Symposio*, a été l'humaine nature à son commencement mystique; et autour était écrit en lettres ioniques : Ἡ ἀγάπη οὐ ζητεῖ τὰ
ἑαυτῆς (2).

Pour porter au cou, il eut une chaîne d'or pesant
vingt-cinq mille soixante-trois marcs, faite en forme
de grosses baies, entre lesquelles étaient en œuvre
de gros jaspes verts, gravés et taillés en dragons, tous
environnés de raies et étincelles, comme en portait
jadis le roi Necepsos (3). Elle lui descendait jusqu'au
nombril, et toute sa vie, il en eut l'émolument tel que
le savent les médecins grégeois (4).

Pour ses gants, furent mis en œuvre seize peaux de
lutins, et trois de loups-garous pour la brodure. Ces

(1) Toques à l'espagnole.
(2) La charité ne cherche pas sa propre satisfaction.
(3) Roi d'Egypte.
(4) Cet émolument était la vertu prolifique que l'on attribuait
au *jaspe vert* (Galien).

gants furent faits ainsi par l'ordonnance des cabalistes
de Sainlouand (1).

Pour ses anneaux, (que son père voulut qu'il portât
pour renouveler le signe antique de sa noblesse), il eut,
à l'index de sa main gauche, une escarboucle grosse
comme un œuf d'autruche, enchâssée en or de sirap (2),
bien mignonnement. Au doigt médical (3) de la même
main, il eut un anneau fait des quatre métaux joints
ensemble de la plus merveilleuse façon que jamais l'on
ait vue, sans que l'acier froissât l'or, sans que l'argent
foulât le cuivre. Le tout fut fait par le capitaine Chap-
puys (4) et Alcofribas, son bon facteur. Au doigt médical de la main dextre, il eut un anneau fait en forme
spirale, dans lequel étaient enchâssés un rubis balai,
un diamant en pointe et une émeraude de Physon (5),
de prix inestimable. Car Hans Carvel (6), grand lapi-
daire du roi de Mélinde, les estimait à la valeur de
soixante-neuf millions huit cent nonante et quatre
mille dix-huit moutons à la grand'laine (7); autant l'es-
timèrent les Fourques d'Augsbourg (8).

---

(1) Célèbre prieuré près de Chinon.

(2) Monnaie égyptienne dont l'or était très pur.

(3) C'est l'annulaire nommé quelquefois médical parce que les
anciens médecins, dit-on, s'en servaient pour délayer les médi-
caments.

(4) Tourangeau, valet de chambre de François Ier.

(5) L'un des quatre fleuves qui sortaient du Paradis terrestre.

(6) Ce personnage figure dans une satire de l'Arioste, imitée
par La Fontaine. Rabelais en reparle au t. III, ch. 28, du *Pantagruel*.

(7) Monnaie d'or qui portait sur une face l'effigie de saint
Jean-Baptiste et sur l'autre l'image de l'agneau pascal.

(8) Riches et célèbres marchands de la fin du xve siècle.

CHAPITRE IX.

LES COULEURS ET LIVRÉE DE GARGANTUA.

Les couleurs de Gargantua furent blanc et bleu, comme vous l'avez pu lire ci-dessus. Son père voulait que par ces couleurs on comprît que ce fils était pour lui une joie céleste. Car le blanc lui signifiait joie, plaisir, délices et réjouissance; et le bleu, choses célestes.

J'entends bien qu'en lisant ces mots, vous vous moquez du vieux buveur et regardez cette explication des couleurs comme insuffisante et incongrue; et vous dites que blanc signifie foi, et bleu, fermeté. Mais, sans vous émouvoir, courroucer, échauffer, ni altérer (car le temps est dangereux), repondez-moi, si bon vous semble. D'autre contrainte je n'userai envers vous ni autres quels qu'ils soient, que de vous dire un mot de la bouteille.

Qui vous meut? qui vous point? qui vous dit que blanc signifie foi, et bleu, fermeté? un livre trépelu (1), dites-vous, qui se vend par les colporteurs et porte-balles sous le titre de *Blason des couleurs*. Qui l'a fait? Quel qu'il soit, il a eu la prudence de n'y point mettre son nom. Mais, au reste, je ne sais ce que je dois d'abord admirer en lui, de son outrecuidance ou de sa bêtise.

Son outrecuidance : qui, sans raison, sans cause et sans apparence, a osé prescrire, de son autorité privée,

(1) Jeu de mots sur trépelu (moisi) et tre pelu (très peu lu).

quelles choses seraient dénotées par les couleurs : ce qui est la manière de faire des tyrans, qui veulent que leur arbitre tienne lieu de raison ; non des sages et savants, qui, par raisons manifestes, contentent leurs lecteurs.

Sa bêtise : qui a estimé que, sans autres démonstrations et arguments valables, le monde règlerait ses devises sur ses impositions badaudes. De fait, (comme dit le proverbe, à cul de foirard toujours abonde-merde), il a trouvé quelque reste de niais du temps des hauts bonnets (1), lesquels ont eu foi à ses écrits, et, sur leur modèle, ont taillé leurs apophtegmes et dictées, en ont enchevêtré leurs mulets, vêtu leurs pages, écartelé leurs chausses, brodé leurs gants, frangé leurs lits, peint leurs enseignes, composé leurs chansons, et (qui pis est) fait des impostures et de lâches tours clandestinement entre les pudiques matrones.

En pareilles ténèbres sont tombés ces glorieux de cour, et transposeurs de noms, lesquels, voulant en leurs devises signifier espère (espoir), font représenter une sphère ; des pennes d'oiseaux pour peines ; de l'ancholie, pour mélancholie ; la lune bicorne, pour vivre en croissant ; un banc rompu, pour banque roupte ; non et une cuirasse pour *non dur habit ;* un lit sans ciel, pour un licencié ; lesquelles sont homonymies tant ineptes, tant fades, tant rustiques et barbares, que l'on devrait attacher une queue de renard au collet et faire un masque d'une bouze de vache à chacun de ceux qui en voudraient dorénavant user en France, après la renaissance des bonnes lettres.

_____

(1) Vieille mode, alors fort ridicule.

Par ces mêmes raisons (si raisons je les dois nommer, et non rêveries) ferais-je peindre un penier (panier), dénotant qu'on me fait peiner ; un pot à moutarde, que c'est mon cœur à qui moult tarde, etc., etc. Et un pot à pisser, c'est un official. Et le fond de mes chausses, c'est un vaisseau de pets. Et ma braguette, c'est la greffe des arrests. Et un étron de chien, c'est un tronc de céans où gît l'amour de m'amie.

Bien autrement faisaient autrefois les sages d'Égypte, quand ils écrivaient par lettres qu'ils appelaient hiéroglyphiques, lesquelles nul n'entendait qui ne comprît, et chacun qui entendait, comprenait les vertus, propriétés et nature des choses par elles figurées. Sur ce sujet, Orus Apollon a composé deux livres en grec et Polyphile, au *Songe d'amours,* en a dit bien davantage. En France, vous en avez quelque tronçon dans la devise de M. l'Amiral, que porta le premier Octavien Auguste (1).

Mais mon esquif ne s'aventurera pas plus loin entre ces gouffres et gués mal-plaisants. Je retourne faire escale au port d'où je suis sorti. Bien ai-je espoir d'en écrire quelque jour plus amplement, et de montrer, tant par raisons philosophiques que par autorités reçues et approuvées de toute ancienneté, quelles et combien de couleurs il y a au monde, et ce que chacune d'elles peut signifier ; si Dieu me sauve le moule du bonnet ou le pot au vin (2), comme disait ma mère-grand.

---

(1) Cette devise paraît être celle de l'amiral Philippe Chabot, *Festina lente.*

(2) Le pot au vin se disait aussi *teste* (du latin *testa*).

CHAPITRE X.

DE CE QUE SIGNIFIENT LES COULEURS BLANC ET BLEU.

Le blanc, donc, signifie joie, liesse, contentement, et non à tort, mais à bon droit et juste titre ; ce que vous pourrez vérifier si, laissant de côté vos préoccupations, vous voulez bien entendre ce que je vais vous exposer.

Aristote dit que, si vous supposez deux choses contraires, comme bien et mal, vertu et vice, froid et chaud, blanc et noir, volupté et douleur, joie et deuil, et ainsi des autres, et que vous les accoupliez de telle façon qu'un contraire convienne raisonnablement au contraire d'une autre, il est logique que l'autre contraire s'accorde avec l'autre résidu. Exemple : vertu et vice sont contraires ; bien et mal le sont aussi. Si l'un des contraires de la première espèce convient à l'un de la seconde, comme vertu et bien (car il est sûr que vertu est bonne), ainsi feront les deux résidus, qui sont mal et vice, car vice est mauvais.

Cette règle logique entendue, prenez ces deux contraires, joie et tristesse, puis ces deux, blanc et noir ; car ils sont contraires physiquement. S'il est entendu que noir signifie deuil, à bon droit blanc signifiera joie.

Et cette signification n'est point instituée par imposition humaine, mais reçue de tout le monde par consentement, que les philosophes nomment *jus gentium*, droit universel, valable par toutes contrées. Comme

vous le savez bien, tous peuples, toutes nations, (j'ex-
cepte les antiques Syracusains et quelques Argives, qui
avaient l'âme de travers), voulant par des marques
extérieures témoigner de leur tristesse, portent habit
noir; et tout deuil est fait par noir. Lequel consentement universel ne se produit sans que la nature en
donne quelque argument et raison, que chacun peut
immédiatement comprendre sans autrement être instruit de personne; c'est ce que nous appelons droit naturel.

Par le blanc, à mêmes inductions de nature, tout le
monde a entendu joie, liesse, contentement, plaisir et
délectation.

Au temps passé, les Thraces et les Crétois mar-
quaient les jours fortunés et joyeux de pierres blanches; les tristes et infortunés, de noires. La nuit n'est-
elle pas funeste, triste, et mélancholieuse? Elle est
noire et obscure par privation. La clarté n'éjouit-elle pas
toute la nature? Elle est blanche plus que chose qui
soit. Pour le prouver, je pourrais vous renvoyer au
livre de Laurens Valle contre Bartole; mais le témoignage évangélique vous contentera. Dans Matth., 17,
il est dit qu'à la transfiguration de Notre-Seigneur,
vestimenta ejus facta sunt alba sicut lux : ses vêtements
furent faits blancs comme la lumière. Par laquelle
blancheur lumineuse furent données à entendre à ses
trois apôtres l'idée et la figure des joies éternelles. Car,
par la clarté, sont tous humains réjouis. Comme vous
l'atteste une vieille qui n'avait dents en gueule; encore saluait-elle par ces mots : *Bona lux*. Et Tobie, *ch.* 5,
quand il eut perdu la vue, lorsque Raphaël le salua,
répondit : Quelle joie pourrais-je avoir, moi qui point

ne vois la lumière du ciel ? Par telle couleur, les anges témoignèrent la joie de tout l'univers à la résurrection du Sauveur, *Jean,* 20 ; et à son ascension, *Act.* 1. C'est de semblable parure que saint Jean évangéliste, *Apoc. 4 et* 7, vit les fidèles vêtus en la céleste et béatifiée Jérusalem.

Lisez les histoires antiques, tant grecques que romaines, vous trouverez que la ville d'Albe (premier patron de Rome) fut construite et appelée ainsi à cause de la découverte d'une truie blanche.

Vous trouverez aussi que lorsqu'il était décrété que quelqu'un, après une victoire remportée sur les ennemis, dût entrer à Rome en triomphe, il y entrait sur un char tiré par des chevaux blancs. Il en était de même pour les ovations, car, par aucun signe ni couleur, il n'était possible de mieux exprimer la joie que par la blancheur.

Vous trouverez encore que Périclès, chef des Athéniens, voulut que ceux de ses gendarmes auxquels, par le sort, étaient advenues les fèves blanches, passassent toute la journée en joie, contentement et repos, et cela pendant que les autres bataillaient. Je pourrais vous citer à ce propos mille autres exemples, mais ce n'est pas ici le lieu.

Grâce aux susdits renseignements, vous pouvez maintenant résoudre un problème qu'Alexandre Aphrodisé a réputé insoluble : Pourquoi le lion, qui de son seul cri et rugissement épouvante tous les animaux, ne craint-il et révère-t-il que le coq blanc ? Car (ainsi que le dit Proclus, *Libro de sacrificio et magia*) c'est parce que la présence et la vertu du soleil, qui est l'organe et la source de toute lumière terrestre et sidérale, est plus symbolisante et convenante au coq blanc, tant à cause de sa couleur que de ses propriétés et de son ordre spécifique, qu'au lion. Sans compter que souvent des diables ont été vus sous forme léonine, et que la présence d'un coq blanc a suffi pour les faire soudainement disparaître.

C'est pourquoi les *Galli* (ce sont les Français, ainsi nommés parce qu'ils sont blancs comme lait, que les Grecs nomment *Gala*) volontiers portent des plumes blanches à leurs bonnets. Car, par nature, ils sont joyeux, candides, gracieux et bien aimés ; et, pour leur symbole et enseigne, ils ont la fleur plus blanche qu'aucune autre, c'est le lys.

Si vous demandez comment, par la couleur blanche, la nature nous induit à entendre joie et liesse, je vous réponds que l'analogie et conformité est telle. Car, comme le blanc, extérieurement, désagrège et éparpille la vue, les esprits visuels se dissolvent manifestement, selon l'opinion d'Aristote en ses *Problèmes ;* et vous en faites l'expérience quand vous passez les monts couverts de neige, où vous vous plaignez de ne pouvoir bien regarder, ainsi que Xénophon écrit qu'il arriva à ses gens, et comme Galen expose amplement *libro X, de Usu partium.* Tout ainsi, le cœur, par joie excellente, se répand intérieurement et subit une résolution manifeste des esprits vitaux, laquelle peut devenir si forte que le cœur demeurerait privé de force, et que par conséquent la vie serait éteinte par cette joie extrême, comme dit Galen, *L. XII Method. libro V de locis affectis et libro II de symptomatum causis.* Et comme il est arrivé au temps passé, d'après le témoignage de Marc Tulle, *libro I quæstion. Tuscul.* Verrius, Aristote, Tite-Live, après la bataille de Cannes, Pline, *lib. VII, cap. XXXII et LIII*, A. Gellius, *lib. III, XV*, et autres, à Diagoras Rhodien, Chilon, Sophocle, Dyonisius, tyran de Sicile, Philippides, Philémon, Polycrate, Philistion, Juventius, et autres qui moururent de joie. Et, comme dit Avicenne, *in II canone, et libro de viribus cordis*, du safran, lequel tant éjouit le cœur qu'il le dépouille de vie, si on en prend une dose excessive, par résolution et dilatation superflue. Ici, voyez Alex. Aphrodisé, *libro primo Problematum, cap. XIX*, et pour cause. Mais quoi? j'entre plus avant en cette matière que je ne l'entendais au commencement. Ici donc, je callerai mes voiles, remettant le reste au livre où cette matière sera complètement traitée; et je dirai, en un mot, que le bleu signifie certainement le ciel et choses célestes, par même symbolisme que le blanc signifie joie et plaisir.

CHAPITRE XI.

DE L'ADOLESCENCE DE GARGANTUA.

Gargantua, depuis trois jusqu'à cinq ans, fut nourri et institué en toute discipline convenable, par le commandement de son père, et passa ce temps comme les petits enfants du pays, c'est assavoir, à boire, manger et dormir; à manger, dormir et boire; à dormir, boire et manger.

Toujours se vautrait par les fanges, se noircissait le

nez, se barbouillait le visage, éculait ses souliers, bâillait aux mouches, et courait volontiers après les papillons, desquels son père tenait l'empire. Il pissait sur ses souliers, il chiait en sa chemise, il se mouchait à ses manches, il morvait dans sa soupe, et patrouillait partout, et buvait en sa pantoufle, et se frottait ordinairement le ventre d'un panier. Ses dents aiguisait d'un sabot, ses mains lavait de potage, se peignait d'un gobelet, s'asseyait entre deux selles le cul à terre, se couvrait d'un sac mouillé, buvait en mangeant sa soupe, mangeait son gâteau sans pain, mordait en riant, riait en mordant, souvent crachait au basin, pétait de graisse, pissait contre le soleil, se cachait en l'eau pour la pluie, battait à froid, songeait creux, faisait le sucré, écorchait le renard, disait la patenôtre du singe, retournait à ses moutons, tournait les truies au foin, battait le chien devant le lion, mettait la charrette devant les bœufs, se grattait où ne lui démangeait point, tirait les vers du nez, trop embrassait et peu étreignait, mangeait son pain blanc le premier, ferrait les cigales, se chatouillait pour se faire rire, se ruait très bien en cuisine, faisait gerbe de paille aux dieux, faisait chanter *Magnificat* à matines et le trouvait bien à propos, mangeait choux et chiait purée, connaissait mouches dans le lait, faisait perdre pied aux mouches, ratissait le papier, gâtait le parchemin, gagnait au pied, tirait au chevrotin, comptait sans son hôte, battait les buissons sans prendre les oisillons, croyait que nues fussent pelles d'airain, et que vessies fussent lanternes, tirait d'un sac deux moutures, faisait de l'âne pour avoir du son, de son poing faisait un maillet, prenait les grues du premier sault, voulait que

maille à maille on fît les haubergeons (1), de cheval
donné toujours regardait en la gueule, sautait du coq à
l'âne, mettait entre deux vertes une mûre, faisait de la
terre le fossé, gardait la lune des loups. Si les nues
tombaient espérait prendre les alouettes, faisaît de nécessité vertu, faisait de tel pain soupe, se souciait aussi
peu des ras que des tondus. Tous les matins écorchait
le renard, les petits chiens de son père mangeaient en son
écuelle, lui de même mangeait avec eux. Il leur mordait les oreilles, ils lui égratignaient le nez; il leur
soufflait au cul, après ils lui léchaient les badi-
goinces (2), etc., etc.

Et savez-vous, mes fillots? que le mal de boire vous
retourne ! Ce petit paillard toujours tâtonnait ses gouvernantes sans dessus dessous, sans devant derrière,
harry bourrîquet : et déjà commençait exercer sa braguette. Laquelle chaque jour ses gouvernantes ornaient
de beaux bouquets, de beaux rubans, de belles fleurs,
de beaux floquarts ; et passaient leur temps à la faire
revenir entre leurs mains comme la pâte dans le pétrin.
Puis s'esclaffaient de rire quand elle levait les oreilles,
comme si le jeu leur eût plu. L'une la nommait ma
petite dille, l'autre ma pine, l'autre ma branche de co-
rail, l'autre mon bondon, mon bouchon, mon ville-
brequin, mon poussoir, ma tarière, ma pendeloque,
mon rude ébat raide et bas, mon dressoir, ma petite
andouille vermeille, ma petite couille bredouille. Elle
est à moi, disait l'une. C'est la mienne, disait l'autre.
Et moi, disait l'autre, n'y aurai-je rien? Par ma foi, je

(1) Cottes de mailles.
(2) Les babines, lèvres.

la couperai donc. Ha, couper, disait l'autre, vous lui feriez mal, madame ; coupez-vous la chose aux enfants ? Il serait monsieur sans queue. Et pour s'ébattre comme les petits enfants du pays, on lui fit un beau virolet des ailes d'un moulin à vent de Mirebalais.

CHAPITRE XII.

DES CHEVAUX DE BOIS DE GARGANTUA.

Puis, afin que toute sa vie il fût bon cavalier, on lui fit un beau grand cheval de bois, lequel il faisait piaffer, sauter, voltiger, ruer et danser tout ensemble ; aller le pas, le trot, l'entrepas, le galop, l'amble, le hobin (1), le traquenard (2), le camelin (3) et l'onagrier (4). Il leur faisait changer de poil, comme les prêtres de dalmatiques, selon les fêtes ; de bai brun, d'alezan, de gris pommelé, de poil de rat, de cerf, de rouan, de vache, de zencle (5), de pécile (6), de pye, de leuce (7).

Lui-même, d'une grosse poutre, se fit un cheval pour la chasse ; un autre d'un fût de pressoir, pour tous les jours ; et, d'un grand chêne, une mule avec la housse, pour la chambre. Encore en eut-il dix ou douze pour

---

(1) Pas du petit cheval écossais, *hobby*.
(2) Allure qui tient de l'amble et du trot.
(3(Pas du chameau.
(4) Pas de l'onagre.
(5) Qui a des tâches en forme de faux ζαγχλον.
(6) Du grec ποικίλος, varié.
(7) Du grec λευκος, blanc.

relais, et sept pour la poste : et il les mettait tous coucher auprès de lui.

Un jour le seigneur de Painensac visita son père en gros train et apparat, et ce jour-là étaient venus aussi le duc de Francrepas et le comte de Mouillevent. Par ma foi, le logis fut un peu étroit pour tant de gens, et tout particulièrement les écuries. C'est pourquoi le maître d'hôtel et le fourrier dudit seigneur de Painensac, pour savoir s'il y avait ailleurs en la maison des écuries vides, s'adressèrent à Gargantua, jeune garçonnet, et lui demandèrent secrètement où étaient les écuries des grands chevaux, pensant que volontiers les enfants décèlent tout.

Alors il les mena par les grands degrés du château, passant par la seconde salle en une grande galerie, par laquelle ils entrèrent dans une grosse tour, et, comme ils prenaient un autre escalier le fourrier dit au maître d'hôtel : Cet enfant nous abuse, car jamais les écuries ne sont au haut de la maison. C'est, dit le maître d'hôtel, une erreur de votre part; car je sais des lieux, à Lyon. à la Basmette, à Chinon et ailleurs, où les écuries sont au plus haut du logis : peut-être que de même il y a ici par derrière une issue au montoir. Mais pour plus de sûreté je le demanderai. Alors s'adressant à Gargantua : Mon petit mignon, où nous menez-vous? A l'écurie de mes grands chevaux, dit-il. Nous y sommes bientôt; nous n'avons plus que ces escaliers à monter.

Puis, les faisant passer par une autre grande salle, il les mena à sa chambre, et, poussant la porte : voici, dit-il, les écuries que vous demandez : voilà mon genêt(1),

___

(1) Cheval d'Espagne.

voilà mon guildin, mon lavedan (1), mon traquenard ; et,
les chargeant d'un gros levier, je vous donne, dit-il,
ce Frison ; je l'ai eu de Francfort, mais il sera vôtre.
C'est un bon petit chevalet, qui ne craint pas la peine :
avec un bon faucon, une demi-douzaine d'épagneuls
et deux bons levriers, vous voilà roi des perdrix et des
lièvres pour tout cet hiver. — Par saint Jean, dirent-ils,
nous voilà bien ; à cette heure nous avons le moine (2).
— Je le nie, répliqua-t-il : il a été trois jours céans.
Devinez ce qu'ils avaient de mieux à faire, ou de se
cacher de honte, ou de prendre la chose en plaisanterie.

Faisant le confus, il leur dit en descendant : Voulez-
vous une aubelière ? Qu'est-ce ? dirent-ils. Ce sont, ré-
pondit-il, cinq étrons pour vous faire une muselière.
— Pour aujourd'hui, dit le maître d'hôtel, si nous
sommes rôtis, nous ne brûlerons pas au feu, car, à mon
avis, nous sommes lardés à point. O petit mignon, tu
nous a bâillé foin en corne (3) : je te verrai quelque
jour pape. — Je l'entends, dit-il, ainsi ; mais alors vous
serez papillon, et ce gentil papegay sera un papelard
tout fait. — C'est à voir, c'est à voir, dit le fourrier.

Mais, dit Gargantua, devinez combien il y a de points
d'aiguille en la chemise de ma mère ? — Seize, dit le fourrier. — Vous, dit Gargantua, ne dites pas l'évangile, car il
y en a sans devant et sans derrière, et vous avez mal
compté. — Quand ? dit le fourrier. — Alors, dit Gargantua,
qu'on fit de votre nez une dille pour tirer un muids de

(1) Cheval du pays de ce nom, en Bigorre.
(2) *Donner le moine* se dit, suivant Le Duchat, d'une malice
d'écoliers.
(3) *Fenum habet in cornu.*
Il a du foin dans la corne : il est désigné à la risée. (HORACE.)

merde, et de votre gorge un entonnoir, pour la mettre
en un autre vaisseau, car les fonds étaient éventés.
— Corps-Dieu ! dit le maître d'hôtel, nous avons trouvé
un causeur. Monsieur le jaseur, Dieu vous garde de mal,
tant vous avez la bouche fraîche.

Ainsi, descendant à grand'hâte, arrivés sous l'arceau
des degrés, ils laissèrent tomber le levier dont il les avait
chargés.—Que diantre! dit Gargantua, vous êtes mauvais
chevaucheurs. Votre courtaud vous faut au besoin. S'il
vous fallait aller d'ici à Cahusac, qu'aimeriez-vous
mieux : chevaucher un oison, ou mener une truie en
laisse?—J'aimerais mieux boire, dit le fourrier. Ce disant
ils entrèrent dans la salle basse, où était toute la bri-
gade, et, racontant cette nouvelle histoire, ils les firent
rire comme un tas de mouches (1).

CHAPITRE XIII.

COMMENT GRANDGOUSIER CONNUT L'ESPRIT MERVEILLEUX
DE GARGANTUA A L'INVENTION D'UN TORCHECUL.

Sur la fin de la cinquième année, Grandgousier,

___

(1) Le Duchat prend cette comparaison au sérieux : c'est, dit
il, *rire confusément! comme les mouches bourdonnent.*
Rabelais a voulu plaisanter, voilà tout. Il n'est pas le seul qui
ait fait rire les mouches. On retrouve la même image dans une
très vieille chanson d'imprimeur, citée par M. A. F. Didot.

> Les mouches qu'étaient au plafond
> Qui se crevaient de rire,
> Y en a une *qu'a tant ri*, bon !
> Qu'elle s'est cassé la cuisse.

retournant (1) de la défaite des Canariens, visita son
fils Gargantua. Là, il fut réjoui, comme un tel père
pouvait l'être, en voyant un sien tel enfant. Et, le
baisant et l'accolant, l'interrogeait en petits propos
puérils de diverses sortes. Et but d'autant avec lui et
ses gouvernantes, auxquelles il eut grand soin de
demander si elles l'avaient toujours tenu blanc et
propre. Gargantua se hâta de répondre qu'il y avait
mis tel ordre que dans tout le pays il n'y avait garçon
plus propre que lui.

— Comment cela? dit Grandgousier. — J'ai, répondit Gargantua, par longue et curieuse expérience,
inventé un moyen de me torcher le cul, qui est bien
le plus royal, le plus seigneurial, le plus excellent, le
plus agréable que l'on ait jamais vu.

— Quel est-il? dit Grandgousier. — C'est ce que vais
vous conter, dit Gargantua.

Je me torchai une fois avec un cachelet de velours
de nos demoiselles, et je le trouvai bon; car la mollesse
de la soie me causait au fondement une volupté bien
grande.

Une autre fois, d'un chaperon d'icelles et ce fut de
même. Une autre fois, d'un cachecou. Une autre fois,
d'oreillettes de satin cramoisi; mais la dorure d'un
tas de pendeloques du diable, qui y étaient, m'écorcha
tout le derrière. Que le feu de saint Antoine brûle le
boyau du cul de l'orfèvre qui les fit et de la demoiselle
qui les portait! Je fis passer ce mal en me torchant

---

(1) *Retournant* veut dire ici *revenant*. On voit que du temps
de Rabelais la différence que nous faisons entre retourner et
revenir n'était pas encore marquée. Il en est encore de même en
anglais où *to return* signifie également retourner et revenir.

avec un bonnet de page, bien emplumé á la suissesse.

Puis, fientant derrière un buisson, je trouvai une martre, dont je me torchai; mais ses griffes m'exculcérèrent tout le périnée. De ce je me guéris le lendemain, en me torchant des gants de ma mèré, bien parfumés de benjoin.

Puis, je me torchai de sauge, de fenouil, d'anis, de marjolaine, de roses, de feuilles de courge, de chou, de bette, de pampre, de guimauve, de bouillon blanc, qui est écarlatte de cul, de laitue et de feuilles d'épinards. Le tout me fit grand bien à ma jambe : de mercuriale, de persiguière, d'orties et de consolde; mais j'en eus la cacquesangue (1) de Lombard, dont je me guéris en me torchant de ma braguette. Puis, je me torchai aux draps du lit, à la couverture, aux rideaux, d'un coussin, d'un tapis de lit, d'un tapis de table, d'une nappe, d'une serviette, d'un mouchoir, d'un peignoir et à tout cela je trouvai plus de plaisir que n'en ont les rogneux quand on les étrille. — Voire mais, dit Grandgousier, lequel torchecul trouvas-tu le meilleur? — J'y étais, dit Gargantua et bientôt vous en saurez le *tu autem* (2). Je me torchai avec du foin, de la paille, de l'étoupe, de la bourre, de la laine, du papier : mais,

> Toujours laisse aux couillons émorche
> Qui sont hord (3) cul de papier torche.

— Quoi! dit Grandgousier, mon petit couillon, as-tu

---

(1) Flux de sang.
(2) La fin, car les leçons du bréviaire se terminent par *tu autem, Domine*.
(3) Sale

pris au pot, que tu rimes (1) déjà? — Oui-dà, répondit Gargantua, mon roi, je rime tant et plus; et en rimant souvent m'enrime (2).

Écoutez ce que dit notre retrait (3) aux fienteurs :

Chiard	Ton lard	Hordous (4)
Foirard	Chappard (5)	Merdous
Pétard	S'épart	Esgous (6)
Brenous	Sur nous	Le feu de saint Antoine t'ard,

Si tous
Tes trous
Esclous (7)
Tu ne torches avant ton départ.

En voulez-vous davantage? Oui-dà, dit Grandgousier. Allons, dit Gargantua.

RONDEAU

En chiant, l'autre hier senti
La gabelle qu'à mon cul dois,
L'odeur fut autre que cuidois (8) :
J'en fus du tout empuanty.
O! si quelqu'un eut consenty
M'amener une qu'attendois,
    En chiant!
Je lui aurais assimenty (9)
Son trou d'urine à mon lourdois (10),
Pendant qu'elle eût avec ses doigts
Mon trou de merde garanty,
    En chiant!

---

(1) Rimer, rimar en languedocien veut dire brûler et sentir la fumée.

(2) Marot a dit aussi :

Et en rithmant bien souvent je m'enrime.

(Petite épître au roi.)

(3) Cabinet d'aisance.
(4) Sale.
(5) Chappardé, mis en pièces.
(6) Qui goutte.
(7) Éclos, ouverts.
(8) Que je ne pensais.
(9) Assorti.
(10) Membre.

Or. dites maintenant que je ne sais rien. Par la merde! je ne les ai point faits; mais les entendant réciter à dame-grand que vous voyez ici, je les ai retenus dans la gibecière de ma mémoire.

Retournons, dit Grandgousier, à notre propos.

Lequel? dit Gargantua, chier? Non, dit Grandgousier, torcher le cul. Mais, dit Gargantua, voulez-vous payer un bussart (1) de vin breton (2), si je vous fais quinaut en ce propos? Oui, vraiment, dit Grandgousier.

Il n'est, dit Gargantua, point besoin de torcher le cul, sinon qu'il y ait ordure. Ordure n'y peut être, si l'on n'a chié : chier donc nous faut avant que le cul torcher. — Oh! dit Grandgousier, que tu as du bon sens, petit garçonnet! Un de ces jours, je te ferai passer docteur en Sorbonne, par Dieu! car tu as plus de raison que d'âge.

Or, poursuis ce propos torcheculatif, je te prie ; et, par ma barbe, pour un bussart tu auras soixante pipes, j'entends de ce bon vin breton, lequel ne croît point en Bretagne toutefois, mais en ce bon pays de Verron (3).

Je me torchai ensuite, dit Gargantua, d'un couvre-chef, d'un oreiller, d'une pantoufle, d'une gibecière, d'un panier, mais, ô le malplaisant torchecul! puis, d'un chapeau. Et notez que, des chapeaux, les uns sont ras, les autres à poil, les autres veloutés, les autres taffetassés, les autres satinisés. Le meilleur de

_____

(1) Demi-pipe.

(2) Cépage renommé.

(3) Le pays de Verron ou Vierron est la langue de terre qui aboutit au confluent de la Loire et de la Vienne.

tous est celui de poil; car il fait très bonne abstersion
de la matière fécale.

Puis je me torchai d'une poule, d'un coq, d'un poulet,
de la peau d'un veau, d'un lièvre, d'un pigeon, d'un
cormoran, d'un sac d'avocat, d'une barbute (1), d'une
coiffe, d'un leurre (2).

Mais, concluant, je dis et maintiens qu'il n'y a tel
torchecul que d'un oison bien duveté, pourvu qu'on
lui tienne la tête entre les jambes. Et m'en croyez sur
mon honneur. Car vous sentez au trou du cul une
volupté mirifique, tant par la douceur de ce duvet que
par la chaleur tempérée de l'oison, laquelle se commu-
nique facilement au boyau culier et autres intestins,
jusques à venir à la région du cœur et du cerveau.

Et ne pensez pas que la béatitude des héros et demi-
dieux, qui sont aux Champs-Élysées, soit en leur
asphodèle ou ambroisie, ou nectar, comme disent ces
vieilles ici. Elle est, selon mon opinion, en ce qu'ils
se torchent le cul d'un oison. Et telle est l'opinion de
Maître Jean d'Écosse (3).

---

(1) Capuchon de moine.

(2) Instrument pour faire venir, *leurrer*, les oiseaux.

(3) Jean-Duns Scot, *doctor subtilis*, était né non en Écosse,
mais à Dunstan dans le Northumberland, vers 1275.

3.

CHAPITRE XIV.

COMMENT GARGANTUA FUT INSTITUÉ PAR UN THÉOLOGIEN EN LETTRES LATINES.

Ces propos entendus, le bon homme Grandgousier fut ravi d'admiration, considérant le grand bon sens et le merveilleux entendement de son fils Gargantua. Et il dit à ses gouvernantes : Philippe, roi de Macédoine, connut le bon sens de son fils Alexandre, à manier adroitement un cheval. Ledit cheval était si terrible et effréné que nul n'osait monter dessus, parce qu'il renversait tous ses cavaliers, à l'un rompant le cou, à l'autre les jambes, à l'autre la tête, à l'autre les mâchoires. Ce que considérant en l'hippodrome (qui était le lieu où l'on promenait et voltigeait les chevaux), Alexandre avisa que la fureur du cheval ne venait que de la frayeur que lui causait son ombre. C'est pourquoi, montant dessus, il le fit courir contre le soleil, de sorte que l'ombre tombait par derrière ; et par ce moyen il rendit le cheval doux et le soumit à sa volonté. Ainsi son père reconnut le divin entendement dont il était doué, et le fit très bien endoctriner par Aristote, qui, pour lors, était plus estimé que tous les autres philosophes de la Grèce.

Mais je vous dis qu'en cette seule conversation que je viens d'avoir devant vous avec mon fils Gargantua, je connais que son entendement participe de quelque chose de divin, tant je le vois aigu, subtil, profond et serein. Et je ne fais aucun doute qu'il ne parvienne quelque jour à un degré souverain de sagesse, s'il est bien institué. C'est pourquoi je veux le confier à quelque homme savant, pour l'endoctriner selon sa capacité. Et je n'y veux rien épargner.

De fait, on lui indiqua un grand docteur en théologie, nommé maître Thubal Holoferne, qui lui apprit son alphabet, si bien qu'il le disait par cœur à rebours, et il y fut cinq ans et trois mois; puis on lui lut le *Donat* (1), le *Facet* (2), *Theodelet* (3), et *Alanus in Parobolis* (4), et il y fut treize ans, six mois et deux semaines.

Mais notez que, cependant, il lui apprenait à écrire gothiquement, et il écrivait tous ses livres; car l'art d'impression n'était pas encore en usage. Et il portait ordinairement un gros écritoire, pesant plus de sept mille quintaux, duquel le galimart (5) était aussi gros et grand que les piliers de l'abbaye d'Enay; et le cornet y pendait à de grosses chaînes de fer, il était de la capacité d'un tonneau de marchandises.

Puis, on lui fit lire *De modis significandi* (6), avec les commentaires de Hurtebise, de Fasquin, de Tropditeux, de Gualehant, de Jehan le Veau, de Billonio, de Brelinguandus et un tas d'autres : et il y fut plus de dix-huit ans et onze mois; et il le sut si bien qu'au coupelaud (7), il le rendait par cœur à l'envers. Et il

---

(1) Ancienne grammaire latine.

(2) Livre de morale populaire.

(3) Ecloga Theoduli, dialogue allégorique contre le paganisme.

(4) Alain de Lisle, religieux de Cîteaux, qui avait écrit au XIIᵉ siècle. Ses *paraboles* avaient été traduites en français.

(5) Étui à mettre les plumes, de *calamarium*.

(6) Ouvrage de Jean de Garlande.

(3) A l'épreuve, à l'examen, de *coupelle*, éprouvette.

prouvait sur ses doigts, à sa mère, que *de modis significandi non erat scientia.*

Puis on lui fit lire le *Compost* (1), où il fut bien
seize ans et deux mois, lorsque son dit précepteur
mourut

> Ce fut l'an mil quatre cent vingt,
> De la vérole qui lui vint.

Après cela, il en eut un autre vieux tousseux, nommé
maître Jobelin Bridé (2), qui lui lut Hugotio (3),
Hébrard Grécisme (4), le *Doctrinal* (5), les *Pars* (6), le
Quid est (7), le *Supplementum*, Mammotret, *De moribus
in mensa servandis* (8), Seneca *de quatuor virtutibus
cardinalibus* (9), *Passavantus cum commento* (10), et
Dormi secure (11), pour les fêtes; et quelques autres
de semblable farine, à la lecture desquels il devint
aussi sage qu'oncques puis ne fournéâmes-nous (12).

---

(1) Livre populaire qui servait à compter. Publié en latin et
aussi en français, sous le titre de *Compost ecclésiastique.*

(2) Un *sot honteux.*

(3) L'évêque de Ferrare, *auteur d'une grammaire.*

(4) Græcismus, par Hébrard de Béthune, écrit en 1112 et qu'on
expliquait encore au temps d'Érasme.

(5) *Doctrinale puerorum*, 1850, in-8°.

(6) Rudiment qui traite des huit parties du discours.

(7) Livre du même genre, par demandes et réponses.

(8) Mammotrectus, livre de morale pour les enfants, premier
type de la *Civilité puérile et honnête.*

(9) Seneca est un pseudonyme sous lequel Martin, évêque de
Brague, a composé ce traité.

(10) Passavento, jacobin de Florence.

(11) Recueil de Sermons.

(12) A propos de ce *fournéâmes-nous*, l'éditeur Burgaud des
Marets donne la note suivante :

« Dans plusieurs de nos anciennes coutumes, et aujourd'hui

CHAPITRE XV.

COMMENT GARGANTUA FUT MIS SOUS D'AUTRES PÉDAGOGUES.

A la longue son père s'aperçut que vraiment il étudiait très bien, et y mettait tout son temps, et que cependant il ne profitait en rien. Et, qui pis est, en deve-
venait fou, niais, tout rêveux (1) et rassoté (2). De quoi
se complaignant à don Philippe des Marais, vice-roi de
Papeligosse, celui-ci lui fit comprendre qu'il vaudrait
mieux ne rien apprendre, que d'étudier de tels livres
sous de tels précepteurs. Car leur savoir n'était que bê-
terie ; et leur sapience n'était que moufles, abâtardis-
sant les bons et nobles esprits, et corrompant toute

encore dans plusieurs de nos dialectes vulgaires, *fournéer*
signifie *mettre au four*.

« On pourrait croire, au premier examen, que Rabelais fait ici
un de ces rapprochements qui lui sont si familiers, et qu'il joue
sur les mots de *farine* et de *fournier;* mais on retrouve ailleurs
et isolée la même expression. Il est de toute évidence que ces
mots étaient passés à l'état de proverbe.

« Probablement, il faut entendre, par là, qu'il atteignit le
dernier degré de sagesse, dans le même sens que nous dirions :
Après lui, il faut tirer l'échelle. »

Le commentateur nous paraît avoir raison et il ne faut pour
s'en convaincre que prendre *fournéer* dans le sens de *faire un
four, se tromper*. La phrase commentée équivaut alors à celle-ci :
... et quelques autres de semblable farine, à la lecture desquels
il devint aussi sage que nous depuis le moment où nous n'avons
jamais plus fait de fours.

(1) Un rêveux n'est pas un rêveur, mais une espèce de rêvasseur,
un songe-creux.

(2) Rassoté nous plaît assez dans le sens de sot rassis, confirmé.

fleur de jeunesse. Prenez, par exemple, dit-il, quelqu'un de ces jeunes gens du temps présent, qui ait
seulement étudié deux ans : s'il n'a meilleur jugement,
meilleures paroles, meilleur propos que votre fils,
meilleur entretien et plus de politesse dans le monde,
réputez-moi à jamais un taille-bacon (1) de la Brenne (2).
Cela plut fort à Grandgousier, qui commanda qu'ainsi
fût fait.

Le soir, au souper, ledit des Marais introduisit un
sien jeune page de Villegongis (3), nommé Eudémon (4), si bien peigné, si bien attiffé, si bien brossé,
si honnête en son maintien, qu'il ressemblait plutôt à un
petit ange qu'à un homme. Puis, il dit à Grandgousier :

— Voyez-vous ce jeune enfant? il n'a pas encore
douze ans ; voyons, si bon vous semble, quelle différence il y a entre le savoir de vos rêveurs mathéologiens (5) du temps jadis et les jeunes gens de maintenant.

L'essai plut à Grandgousier, et il commanda que le
page ouvrît la conversation.

Alors Eudémon, priant le vice-roi, son maître, de le
lui permettre, s'avança, le bonnet à la main, le visage

---

(1) Bacon veut encore dire lard en anglais. Un taille-bacon est
donc un tranche-lard, un mangeur de lard.

(2) Petit pays de Touraine.

(3) Bourg du Berri.

(4) Eudémon, composé du grec *eu*, bon, bien, et démon, génie,
ange, diable, veut dire bon diable ou heureux génie.

(5) Le mot de *rêveurs mathéologiens* est trop joli pour ne pas
le conserver comme type de rêveurs en haute théologie. Hélas!
nous ne sommes pas encore délivrés complètement des *rêveurs
mathéologiens*. Et quand le serons-nous ?

ouvert, la bouche vermeille, les yeux assurés, et, le regard posé sur Gargantua, avec une modestie juvénile, il se mit à le louer premièrement de sa vertu et de ses bonnes mœurs, secondement de son savoir, troisièmement de sa noblesse, quatrièmement de sa beauté corporelle ; et, pour le cinquièmement, il l'exhortait gentiment à révérer son père en toute circonstance, lequel tant s'étudiait à bien le faire instruire ; enfin il le priait qu'il voulût bien le retenir pour le moindre de ses serviteurs : car autre don pour le présent ne requérait des cieux, sinon qu'il eût la grâce de lui complaire en quelque service agréable.

Le tout fut proféré avec gestes si appropriés, prononciation si distincte, voix si éloquente, et langage si orné et si bon latin, qu'il ressemblait plutôt à un Gracchus, un Cicéron ou un Emilius du temps passé, qu'à un jouvenceau de ce siècle. Mais tout l'effet de cette éloquence sur Gargantua fut qu'il se mit à pleurer comme une vache, et qu'il ne fut possible de tirer de lui une parole, non plus qu'un pet d'un âne mort.

Dont son père fut si fort courroucé, qu'il voulut occire maître Jobelin. Mais des Marais l'en garda par la belle remontrance qu'il lui fit; de sorte que sa colère fut modérée. Alors il commanda que Jobelin fût payé de ses gages, et qu'on le fît bien chopiner théologalement; cela fait, qu'il allât à tous les diables. Au moins, dit-il, pour le jourd'hui ne coûtera-t-il guère à son hôte, si d'aventure il mourait ainsi saoul comme un Anglais.

Maître Jobelin parti, Grandgousier consulta le vice-roi, pour savoir quel précepteur on pourrait donner à Gargantua, et il fut convenu entre eux que, pour cet office, on choisirait Ponocrates, pédagogue d'Eudémon;

et que tous ensemble iraient à Paris, pour savoir quelle
était l'étude des jouvenceaux de France à cette époque.

CHAPITRE XVI.

COMMENT GARGANTUA FUT ENVOYÉ A PARIS, ET DE L'ÉNORME
JUMENT QUI LE PORTA, ET COMMENT ELLE DÉFIT
LES MOUCHES BOVINES DE LA BEAUCE.

En cette même saison, Fayoles, quatrième roi de
Numidie, envoya d'Afrique à Grandgousier une jument,
la plus énorme, la plus grande, la plus monstrueuse
que l'on eût jamais vue (vous savez que l'Afrique produit toujours quelque chose de nouveau) : car elle était
grande comme un éléphant, et avait les pieds fendus
en doigts, comme le cheval de Jules-César, les oreilles
pendantes comme celles des chèvres du Languedoc, et
une petite corne au cul. Au reste, elle avait le poil
alezan brûlé, entreillisé de grises pommelettes. Mais
par-dessus tout avait la queue horrible. Car elle était
très peu moins grosse que le pilier de Saint-Mars près
de Langeais, et carrée, avec des touffes ni plus n
moins annicrochées que le sont les épis au blé.

Si vous vous émerveillez de cela, émerveillez-vous
aussi, et même davantage, de la queue des béliers de
Scythie, qui pesait plus de trente livres, et de celle des
moutons de Syrie, auquel il faut (si Thénaud dit vrai),

ajuster une charrette au cul pour la porter, tant elle est longue et pesante. Vous n'en avez pas une pareille, vous autres paillards de plat pays,

Cette jument fut amenée par mer sur trois carraques et un brigantin, jusqu'au port d'Olone en Thalmondois. Lorsque Grandgousier la vit : Voici bien le cas, dit-il, pour porter mon fils à Paris. Or ça, de par Dieu, tout ira bien. Il sera grand clerc au temps à venir. Si n'étaient messieurs les bêtes, nous vivrions comme clercs (1).

Le lendemain, après boire (cela s'entend), se mirent en route Gargantua, son précepteur Ponocrates et ses gens, avec Eudémon, le jeune page. Et, parce que le temps était serein et attrempé (2), son père lui fit faire des bottes fauves. Babin les nomme brodequins. Ainsi joyeusement ils passèrent leur chemin, et toujours grand'chère, jusques au-dessus d'Orléans. Là, ils trouvèrent une ample forêt, de la longueur de trente et cinq lieues, et de la largeur de dix et sept (3), ou environ.

Cette forêt était horriblement fertile et abondante en mouches bovines et frèlons ; de sorte que c'était une vraie briganderie pour les pauvres juments, ânes et

(1) Rabelais s'amuse ici à renverser les termes de la phrase qu'il met dans la bouche de Grandgousier, et qui est celle-ci : Si n'étaient messieurs les clercs, nous vivrions comme bêtes.

(2) Les commentateurs traduisent généralement attrempé par tempéré, nous croyons qu'il faut entendre par ce mot que le temps menaçait de tourner à la pluie.

(3) Autrefois il était d'usage de mettre la conjonction et entre les dizaines et les unités. Quelques personnes disent encore vingt et un, trente et un et soixante et onze. Cet usage tend à se perdre.

chevaux. Mais cette fois la jument de Gargantua vengea honnêtement tous les outrages perpétrés sur les bêtes de son espèce. Car soudain qu'ils furent entrés dans la-dite forêt, et que les mouches et frêlons lui eurent livré l'assaut, elle dégaîna sa queue, et, s'escarmouchant, si bien les émoucha qu'elle en abattit tout le bois ; à tort, à travers, de çà, de là, par-ci, par-là, en long, en large, dessus, dessous, elle abattait le bois comme un faucheur fait l'herbe. En sorte que, depuis, il n'y eut ni bois, ni frêlons ; tout le pays fut réduit en cam-pagne.

Gargantua, voyant cela, y prit plaisir bien grand, sans autrement s'en vanter, et dit à ses gens : je trouve *beau ce*. D'où ce pays fut depuis appelé la Beauce ; mais tout leur déjeuner fut de bâiller. En mémoire de quoi, encore à présent, les gentilshommes de Beauce déjeunent de bâiller (1), et s'en trouvent fort bien, et n'en crachent que mieux. Finalement, ils arrivèrent à Paris, où Gargantua se rafraîchit deux ou trois jours, faisant chère lie avec ses gens, et s'enquérant quels gens savants étaient pour lors en la ville, et quel vin on y buvait.

---

(1) Les gentilshommes de la Beauce ne passaient pas pour riches. Un proverbe disait :

C'est un gentilhomme de Beauce
Qui est au lit quand on refait ses chausses.

CHAPITRE XVII.

COMMENT GARGANTUA PAYA SA BIENVENUE AUX PARISIENS, ET COMMENT IL PRIT LES GROSSES CLOCHES DE L'ÉGLISE NOTRE-DAME.

Quelques jours après qu'ils se furent rafraîchis, il visita la ville, et fut vu de tout le monde en grande admiration. Car le peuple de Paris est tant sot, tant badaud, et tant inepte de nature, qu'un bateleur, un porteur de rogatons, un mulet avec ses grelots, un vielleux au milieu d'un carrefour assemblera plus de gens que ne ferait un bon prêcheur évangélique. Et ils le poursuivirent avec tant d'acharnement qu'il fut contraint de se reposer sur les tours de l'église Notre-Dame, où étant, et voyant tant de gens assemblés autour de lui, il se prit à dire clairement :

— Je crois que ces maroufles veulent que je leur paye ici ma bienvenue et mon proficiat (1). Je vais donc leur donner le vin ; mais ce ne sera que par rys.

Alors, en souriant, il détacha sa belle braguette, et, tirant son membre en l'air, les compissa si aigrement qu'il en noya deux cent soixante mille quatre cent dix et huit, sans les femmes et petits enfants.

Quelques-uns d'entre eux évadèrent ce pissefort, grâce à la légèreté des pieds. Et quand ils furent au plus haut de l'Université, suant, toussant, crachant, et hors d'haleine, ils commencèrent à renier et à jurer : Les plaies

(1) Droit que les évêques levaient sur les ecclésiastiques.

de Dieu! je renie Dieu! frandienne, ves tu ben la mer, pro cab de dious, das dich Gots legden schend, pote de Christo, ventre saint Quenet, vertus guoi, par saint Fiacre de Brye, saint Treignant, je fais vœu à saint Thibaud, Pâques Dieu, le bon jour Dieu, le diable m'emporte, foy de gentilhomme, par sainte Andouille, par saint Guodegrin qui fut martyrisé de pommes cuites, par saint Foutin, l'apôtre, par saint Vit (1), par sainte m'amie, nous sommes baignés par rys. D'où la ville fut depuis nommée Paris (laquelle auparavant on appelait Leucèce, comme dit Strabon liv. IV, c'est-à-dire, en grec, blanchette, à cause des blanches cuisses des dames du dit lieu) ; et, attendu qu'à cette nouvelle imposition du nom, tous les assistants jurèrent chacun les saints de sa paroisse (les Parisiens, qui sont faits de toutes gens et toutes pièces, sont par nature et bons jureurs et bons juristes, et quelque peu impertinents) : ce qui est cause que Joanimus de Baranco, *Libro de copiositate reverentiarum,* estime qu'ils sonts dits Parrhésiens en grécisme, c'est-à dire fiers en parler.

Cela fait, il se mit à considérer les grosses cloches qui étaient dans les dites tours, et les fit sonner bien harmonieusement. Cela lui fit venir la pensée qu'elles serviraient bien de clochettes au col de sa jument, laquelle il voulait renvoyer à son père, toute chargée de fromages de Brie et de harengs frais. De fait, il les emporta en son logis.

Ce pendant vint un commandeur jambormier (2) de

---

(1) La plupart de ces jurons datent du xvie siècle.
(2) Dignité de l'invention de Rabelais.

saint Antoine, pour faire sa quête suille (1), lequel, pour se faire entendre de loin et faire trembler le lard au charnier, les voulut emporter furtivement, mais par honnêteté les laissa, non parce qu'elles étaient trop chaudes, mais parce qu'elles étaient quelque peu trop pesantes à porter. Celui-là ne fut pas celui de Bourg, qui est trop de mes amis.

Toute la ville fut émue en sédition, comme vous savez qu'à cela ils sont si faciles, que les nations étrangères s'ébahissent de la patience ou, pour mieux dire, de la stupidité des rois de France, lesquels ne les réfrènent point autrement par bonne justice, vu les inconvénients qui en résultent de jour en jour. Plût à Dieu que je susse l'officine en laquelle sont forgés ces schismes et monopoles, pour en faire ressortir l'évidence aux yeux des confréries de ma paroisse. Croyez que le lieu où se réunit le peuple tout affolé et impatienté fut Nesle, où lors était, maintenant n'est plus, l'oracle de Lutèce. Là fut proposé le cas et remontré l'inconvénient de l'enlèvement des cloches.

Après avoir bien ergoté *pro et contra*, il fut conclu en *baralipton* (2) que l'on enverrait le plus vieux et suffisant de la faculté de théologie vers Gargantua, pour lui remontrer l'horrible inconvénient de la perte de ces cloches. Et, nonobstant la remontrance d'aucuns de l'Université, qui alléguaient que cette charge convenait mieux à un orateur qu'à un théologien, on choisit pour cette affaire notre maître Janotus de Bragmardo (3).

---

(1) Quête de chair de porc.
(2) Nom d'une des formes de syllogisme dans l'enseignement serlastique.
(3) Riche libraire de Paris.

CHAPITRE XVIII.

COMMENT JANOTUS DE BRAGMARDO FUT ENVOYÉ POUR RECOUVRER DE GARGANTUA LES GROSSES CLOCHES.

Maître Janotus, tondu à la Césarine (1), vêtu de son liripipion théologal (2) et l'estomac bien antidoté de coudignac de four (3) et d'eau bénite de cave (4), se transporta au logis de Gargantua, touchant devant soi trois vedeaux (5) à rouge museau, et traînant après cinq ou six maîtres inertes (6), bien crottés à profit de ménage (7). Ponocrates à l'entrée les rencontra, et en eut frayeur, les voyant ainsi déguisés, car il les prit pour des masques hors du sens commun. Puis il s'enquit auprès de quelqu'un desdits maîtres de la bande ce que voulait dire cette momerie? Il lui fut répondu qu'ils demandaient que les cloches leur fussent rendues.

Ce propos entendu, Ponocrates courut dire les nouvelles à Gargantua, afin que, pour avoir sa réponse prête, il délibérât sur-le-champ ce qu'il y avait lieu de faire. Gargantua, admonesté du cas, appela à part Ponocrates son précepteur, Philotime son maître d'hôtel,

---

(1) Portant les cheveux courts à la mode des Césars.
(2) Capuchon qui se terminait en queue.
(3) Pain.
(4) Vin.
(5) Vedeau signifiait *bedeau* et *veau*, ce qui prête au jeu de mots.
(6) Autre jeu de mots sur *inertes* et *in arts*.
(7) Pour que rien ne s'en perdît.

Gymnaste son écuyer, et Eudémon ; et sommairement conféra avec eux sur ce qu'il y avait tant à faire qu'à répondre. Tous furent d'avis qu'on les menât au retrait du gobelet (la buvette) et que là on les fît boire théologalement ; et, afin que ce tousseux n'entrât en vaine gloire, parce que, à sa requête, on lui aurait rendu les cloches, l'on décida d'envoyer chercher, pendant qu'il chopinerait, le prévôt de la ville, le recteur de la faculté et le vicaire de l'église, auxquels, avant même que le théologien eût exposé sa commission, l'on délivrerait les cloches. Après quoi, l'on ouirait sa belle harangue. Cela fut fait, et, les susdits arrivés, le théologien fut en pleine salle introduit, et commença comme s'ensuit, en toussant.

CHAPITRE XIX.

LA HARANGUE DE MAITRÉ JANOTUS DE BRAGMARDO
FAITE A GARGANTUA POUR RECOUVRER LES CLOCHES (1).

Ehem, hem, hem ! *Mnadies*, monsieur, *Mnadies, et vobis*, messieurs (1). Ce ne serait que bien que vous nous rendissiez nos cloches, car elles nous font grand besoin. Hem, hem, hasch ! Nous en avons bien autre-

---

(1) Cette harengue comique ne gagnerait rien, croyons-nous, à aucune correction ; nous la laissons donc telle qu'elle est pour l'amusement du lecteur.

(2) Mauvaise pronouciation de *Bona dies* (bon jour). Monsieur, bonjour, ainsi qu'à vous, messieurs.

fois refusé de bon argent de ceux de Londres en
Cahors, et de ceux de Bordeaux (1) en Brie, qui les
voulaient acheter, pour la substantifique qualité de la
complexion élémentaire, qui est intronifiquée en la ter-
restréité de leur nature quidditative, pour extranéiser
les halots et les turbines (2) sur nos vignes, vraiment
non pas nôtres, mais d'ici près. Car, si nous perdons
le piot, nous perdons tout, et sens et loi.

Si vous nous les rendez à ma requête, j'y gagnerai
dix pans de saucisses, et une bonne paire de chausses,
qui me feront grand bien à mes jambes, ou elles ne
me tiendront pas promesse. Ho, par Dieu, *Domine*,
une paire de chausses est bonne, et *vir sapiens non
abhorrebit eam.* Ha, ha, n'a pas paire de chausses qui
veut. Je le sais bien, quand est de moi. Avisez, *Domine*,
il y a dix-huit jours que je suis à matagraboliser cette
belle harangue : *Reddite quæ sunt Cesaris Cesari, et
quæ sunt Dei Deo. Ibi jacet lepus.* Par ma foi. *Domine*,
si vous voulez souper avec moi *in camera*, par le corps
Dieu, *charitatis, nos faciemus bonum cherubin. Ego
occidi unum porcum, et ego habit bonum vinum.* Mais, de
bon vin, on ne put faire mauvais latin. Or sus, *de parte
Dei, date nobis clochas nostras.* Tenez, je vous donne,
de par la Faculté, un *Sermones de Utino*, que *utinam*
vous nous bâilliez nos cloches. *Vultis etiam pardonos?
Per diem vos habebitis, et nihil payabitis.*

O, monsieur, *Domine, clochi dona minor nobis*, Dea!
est bonum urbis. Tout le monde s'en sert. Si votre jument s'en trouve bien, aussi fait notre Faculté, *que*

(1) Il y a, en effet, un Londres près de Marmande (Lot-et-Ga-
ronne), et un Bordeaux, près de la Ville-Parisis (Seine-et-Marne).

(2) La grêle et les orages.

comparata est jumentis insipientibus, et similis facta est eis, Psalmo nescio quo, si l'avais-je bien quoté en mon paperat ; et *est unum bonum Achilles* (1). Heu, heu, chen, hasch ! Ça, je vous prouve que vous me les devez bâiller. *Ego sic argumentor. Omnis clocha clochabilis, in clocherio clochando, clochans clochativo, clochare facit clochabiliter clochantes. Parisius habet clochas. Ergo gluc* (2). Ha, ha, ha, c'est parlé, cela. Il est *in tertio prime,* en *Darii* (3), ou ailleurs. Par mon âme, j'ai vu le temps que je faisais diables d'arguer. Mais à présent je ne fais plus que rêver et il ne me faut plus dorénavant que bon vin, bon lit, le dos au feu, le ventre à table, et écuelle bien profonde. Hay, *Domine,* je vous prie, *in nomine Patris, et Filii et Spiritus sancti, Amen,* que vous rendiez nos cloches : et Dieu vous garde de mal ainsi que Notre-Dame de Santé, *qui vivit et regnat per omnia secula seculorum. Amen.* Heu, harsch, harsch, grren, heu, harsch.

Verum enim vero, quando quidem, dubio procul, Edepol, quoniam, ita, certe, meus deus fidius, une ville sans cloches est comme un aveugle sans bâton, un âne sans croupière et une vache sans grelot. Jusqu'à ce que vous nous les ayez rendues, nous ne cesserons de crier après vous comme un aveugle qui a perdu son bâton, de braire comme un âne sans croupière, et de brâmer comme une vache sans grelot. Un quidam latinisateur, demeurant près l'Hôtel-Dieu, dit une fois,

(1) Un bon Achille était un argument invincible.

(2) *Ergo gluc* était une formule de l'ancien langage universitaire pour se moquer d'une conclusion qui ne concluait pas.

(3) Le mot *Darii,* comme celui de *Baralipton,* désignait une certaine forme de syllogisme.

allégant l'autorité d'un Taponus (je faux, c'était Pontanus), poète séculier, qu'il désirait qu'elles fussent de plume et que le battant fût d'une queue de renard, parce qu'elles lui engendraient la chronique (1) aux tripes du cerveau, quand il composait ses vers carminiformes. Mais, nac petetin, petetac, ticque, torche lorgne, il fut déclaré hérétique : nous les faisons comme de cire (2). Et plus n'en dit le déposant. *Valete et plaudite. Calepinus recensui.*

CHAPITRE XX.

COMMENT LE THÉOLOGIEN EMPORTA SON DRAP, ET COMMENT IL EUT PROCÈS CONTRE LES SORBONISTES.

Le sophiste n'eut si tôt achevé que Ponocrates et Eudémon s'éclaffèrent de rire tant profondément qu'ils en pensèrent rendre l'âme à Dieu, ni plus ni moins que Crassus, voyant un âne couillard qui mangeait des chardons, et que Philémon, voyant un âne qui mangeait des figues qu'on avait apportées pour le dîner, mourut à force de rire. Avec eux commença à rire maître Janotus, à qui mieux mieux, tant que les larmes leur venaient aux yeux, par la véhémente concussion de la substance du cerveau, en laquelle furent exprimées ces

(1) La fièvre chronique.
(2) Nous les imitons parfaitement.

humidités lacrymales et transmises jusqu'aux nerfs optiques. En quoi par eux était Démocrite héraclitisant, et Héraclite démocritisant représenté.

Ces ris complètement apaisés, Gargantua consulta avec ses gens sur ce qui était à faire.

Ponocrates fut d'avis qu'on fît reboire ce bel orateur, et, vu qu'il leur avait donné du passetemps et les avait plus fait rire que n'eût fait Songecreux (1), qu'on lui baillât les dix pans de saucisses mentionnés en la joyeuse harangue, avec une paire de chausses, trois cents de gros bois de moule, vingt-cinq muids de vin, un lit à triple couche de plume d'oie et une écuelle bien profonde, lesquels il disait être à sa vieillesse né-cessaires. Le tout fut fait ainsi qu'il avait été délibéré, excepté que Gargantua doutant qu'on trouvât immédia-tement chausses convenant à ses jambes, doutant aussi de quelle mode conviendrait le mieux audit orateur ou de la martingale qui est un pont-levis de cul pour plus aisé-ment fianter, ou de la marinière pour mieux soulager les rognons, ou de la suissesse pour tenir chaude la bedon-daine, ou de la queue de merluche, de peur d'échauffer les reins, lui fit livrer sept aunes de drap noir et trois de blanchet pour la doublure. Le bois fut porté par les gagnedeniers, les maîtres ès arts portèrent les saucisses et l'écuelle. Maître Janot voulut porter le drap. Un des-dits maîtres, nommé Jousse Bandouille, lui remontrait que cela n'était ni honnête ni convenable à l'état théo-logal, et lui conseillait de le donner à porter à quelqu'un d'entre eux. Ha! dit Janotus, baudet, baudet, tu ne

---

(1) Songecreux était un pseudonyme adopté dans plusieurs livres facétieux du temps.

conclus point *in modo* et *figura*. Voilà de quoi servent les suppositions et *Parva logicalia* (1). *Pannus pro quo supponit? Confuse,* dit Bandouille *et distributive.* Je ne te demande pas, dit Janotus, baudet, *quomodo supponit,* mais *pro quo :* c'est, baudet *pro tibiis meis.* Et, en conséquence, je le porterai moi-même *sicut suppositum portat adpositum.* Ainsi l'emporta-t-il en tapinois, comme fit Patelin son drap. Le bon fut quand le tousseux, glorieusement, en plein acte de Sorbonne, requit ses chausses et saucisses. Mais péremptoirement elles lui furent refusées sous le prétexte qu'il les avait eues de Gargantua, selon les informations prises. Il leur remontra que ces choses lui avaient été données par Gargantua de son plein gré et de sa libéralité, pour laquelle ils n'étaient point absous de leurs promesses. Ce nonobstant, il lui fut répondu qu'il se contentât de raisons, et qu'il n'en aurait autre bribe. Raisons, dit Janotus, nous n'en usons point ici. Traîtres malheureux, vous ne valez rien. La terre ne porte gens plus méchants que vous. Je le sais bien : ne clochez pas devant les boîteux. J'ai exercé la méchanceté avec vous. Par la rate de Dieu, j'avertirai le roi des énormes abus qui sont forgés céans, par vos mains et menées. Et que je sois ladre s'il ne vous fait tous brûler vifs comme bougres, traîtres, hérétiques et séducteurs, ennemis de Dieu et de vertu.

A ces mots, ils prirent articles contre lui (2); lui, de l'autre côté, les fit citer en justice. Bref, le procès fut retenu par la cour, et il y est encore. Les sorbonicoles, sur ce point, firent vœu de ne se décrotter, maître

---

(1) Traité de logique.
(2) Dirigèrent contre lui un acte d'accusation.

Janot, avec ses adhérents, fit vœu de ne se moucher, jusqu'à ce qu'il fût rendu un arrêt définitif.

Par ces vœux, ils sont les uns et les autres demeurés
jusqu'à présent et crotteux et morveux ; car la cour n'a
pas encore examiné toutes les pièces. L'arrêt sera donné
aux prochaines calendes grecques, c'est-à-dire jamais.
Car vous savez qu'ils défient les lois de la nature, et
contre leurs propres articles. Les articles de Paris chan-
tent que Dieu seul peut faire choses infinies. Nature ne
fait rien d'immortel, car elle met fin et période à toutes
choses par elle produites : car *omnia orta cadunt*, etc.

Mais ces avaleurs de frimas (1) font les procès devant
eux pendants, et infinis et immortels, ce que faisant, ils
ont causé et vérifié le dicton de Chilon le Lacédémonien,
consacré à Delphes, lequel dit que misère est compagne
de procès et gens plaidants misérables, car ils voient
venir plus tôt la fin de leur vie que le règlement de leur
prétendu droit.

CHAPITRE XXI.

L'ÉTUDE ET LE RÉGIME DE GARGUANTUA,
SELON LA DISCIPLINE DE SES PRÉCEPTEURS SORBONAGRES.

Les premiers jours ainsi passés et les cloches remises
en leur lieu, les citoyens de Paris, par reconnaissance
de cette honnêteté, s'offrirent à entretenir et nourrir

---

(1) Ceux qui avalaient le frimas se rendant de très bonne
heure au palais de justice.

sa jument tant qu'il lui plairait, ce que Gargantua eut pour agréable. Ils l'envoyèrent donc vivre dans la forêt de Bière. Je crois qu'elle n'existe plus maintenant. Cela fait, il voulut de toute son intelligence étudier à la discrétion de Ponocrates. Mais celui-ci, pour commencer, ordonna qu'il ferait à sa manière accoutumée, afin de comprendre par quel moyen, en si long temps, ses anciens précepteurs l'avaient rendu si fat, si niais et si ignorant.

Il dépensait donc son temps de telle façon qu'ordinairement il s'éveillait entre huit et neuf heures, qu'il fît jour ou non. Ainsi l'avaient ordonné ses régents théologiens, alléguant ce que dit David : *Vanum est vobis ante lucem surgere.* Puis il se gambadait, penadait et paillardait dans le lit quelque temps pour mieux ébaudir ses esprits animaux, et s'habillait selon la saison. Mais il mettait volontiers une grande et longue robe de chambre de grosse frise fourrée de renard ; après cela, il se peignait du peigne d'Allemagne : c'était des quatre doigts et le pouce, car ses précepteurs disaient que se peigner, laver et nettoyer autrement était perdre son temps en ce monde.

Puis fiantait, pissait, rendait sa gorge, rotait, pétait, bâillait, crachait, toussait, sanglottait, éternuait, se mouchait en archidiacre, et déjeunait, pour abattre la rosée et le mauvais air, de belles tripes frites, de belles carbonnades (1), de beaux jambons, de belles cabirotades (2), et de force soupes printanières. Ponocrates lui remontrait qu'il ne devait pas manger sitôt au sortir du lit, sans s'être d'abord livré à quelque exercice.

---

(1) Viandes grillées.
(2) Morceaux de chevreuil.

Gargantua répondit : « Quoi, n'ai-je pas fait suffisant exercice? Je me suis vautré six ou sept tours dans le lit avant de me lever. N'est-ce point assez? Le pape Alexandre faisait ainsi sur le conseil de son médecin juif et il vécut jusqu'à la mort en dépit des envieux. Mes premiers maîtres m'y ont accoutumé, disant que le déjeuner faisait bonne mémoire ; c'est pourquoi ils étaient les premiers à boire. Je m'en trouve fort bien et n'en dîne que mieux. Et maître Tubal, qui fut le premier à son examen de licence à Paris, me disait que ce n'est pas tout de courir vite, mais bien de partir de bonne heure. Aussi n'est-ce la santé totale de notre humanité de boire à tas, à tas, comme canes, mais bien de boire matin, d'où ces vers :

> Lever matin n'est point bonheur,
> Boire matin est le meilleur.

Après avoir à point déjeuné, il allait à l'église, où on lui portait, dans un grand panier, un gros bréviaire empantouflé, pesant tant en graisse qu'en fermoir et parchemin, un peu plus ou un peu moins de onze quintaux et six livres. Là il entendait vingt-six ou trente messes. Pendant ce temps venait son diseur d'heures accoutumé, empaletoqué comme une huppe, et l'haleine très bien antidotée de sirop vignolat. Avec lui, il marmottait toutes ses kyrielles, et tant curieusement les épluchait qu'il n'en tombait un seul grain en terre. Au sortir de l'église, on lui menait, sur une charette à bœufs, un fatras de patenôtres de saint Claude, aussi grosses chacune que le moule d'un bonnet et, tout en se promenant par les cloîtres, galeries ou jardins, il en disait plus que seize hermites.

Puis il étudiait quelque méchante demi-heure, ce les yeux fixés sur son livre. Mais, comme dit le comique, son âme était en la cuisine.

Pissant donc plein official, il s'asseyait à table, et, parce qu'il était naturellement phlegmatique, commençait son repas par quelques douzaines de jambons, de langues de bœuf fumées, de boutargues ou boudins, d'andouilles et tels autres avant-coureurs de vin. Cependant, quatre de ses gens lui jetaient en la bouche, l'un après l'autre continuellement, de la moutarde à pleines pellées, après quoi il buvait un horrificque trait de vin blanc, pour se soulager les rognons. Après cela, il mangeait selon la saison des viandes à son appétit et il ne cessait de manger que lorsque le ventre lui tirait. A boire, il n'avait fin ni mesure, car il disait que les limites et bornes de boire étaient quand, la personne buvant, le liège de ses pantoufles enflait en haut d'un demi-pied.

CHAPITRE XXII.

LES JEUX DE GARGANTUA.

Puis tout lourdement grignotant d'un tronçon de Grâces, se lavait les mains de vin frais, s'écurait les dents avec un pied de porc, et devisait joyeusement avec ses gens. Puis, sur le tapis vert étendu, l'on déployait

force cartes, force dés et renfort de tabliers et échiquiers
et l'on jouait :

Au flux,

A la vole,

A la prime,

A la triomphe, etc., etc. (1).

Après avoir bien joué, sassé, passé et beluté le temps,
il convenait de boire quelque peu. C'étaient onze
grands pots de vin par homme, et, aussitôt après
banqueter, c'était sur un beau banc, ou en beau plein
lit s'étendre et dormir deux ou trois heures, sans mal
penser ni mal dire. A son réveil, il secouait un peu les
oreilles ; cependant était apporté vin frais, et l'on buvait
mieux que jamais. Ponocrates lui remontrait que c'était
mauvaise diète d'ainsi boire après dormir. C'est,
répondit Gargantua, la vraie vie des Pères ; car, de ma
nature, je dors salé, et le dormir m'a valu autant de
jambon.

Puis commençait étudier quelque peu, et patenôtres
en avant, pour lesquelles mieux en forme expédier il
montait sur une vieille mule, laquelle avait servi neuf
rois ; ainsi marmottant de la bouche, et dodelinant de
la tête, allait voir prendre quelque lapin aux filets.

Au retour il se transportait en la cuisine, pour savoir
quel rôt était à la broche.

Et soupait très bien, sur ma conscience, et volontiers

---

(1) (Suivent plus de deux cents jeux de toute espèce, dont
quelques-uns sont connus sous le même nom que du temps de
Rabelais, et d'autres ont disparu ou ont changé de nom. Nous ne
voyons point de raison pour reproduire cette longue liste, que
les curieux pourront trouver dans les vieilles éditions de Gargantua.)

conviait quelques buveurs de ses voisins, avec lesquels buvant à qui mieux mieux comptaient des vieux jusques aux nouveaux (1).

Entre autres, il avait pour familiers les seigneurs du Fou, de Gourville, de Grignault et de Marigny (2).

Après souper venaient en place les beaux évangiles de bois, c'est-à-dire force tabliers, échiquiers, etc., ou le beau flux, un, deux, trois, ou à toutes restes pour abréger, ou bien ils allaient voir les garses d'alentour, et leur offraient de petits banquets, collations et arrière-collations. Puis dormait sans débrider jusques au lendemain huit heures.

CHAPITRE XXIII.

COMMENT GARGANTUA FUT INSTITUÉ PAR PONOCRATES EN TELLE DISCIPLINE QU'IL NE PERDAIT HEURE DU JOUR.

Quand Ponocrates connut la vicieuse manière de vivre de Gargantua, il résolut de l'instituer autrement en lettres, mais pour les premiers jours le toléra, considérant que nature n'endure changements soudains

---

(1) Ils comptaient les histoires de tous les temps, des vieux jusques aux nouveaux.
(2) Familles du Poitou et des environs.

sans grande violence. Pour donc mieux son œuvre commencer, il supplia un savant médecin de ce temps-là, nommé maître Théodore, de considérer s'il était possible de remettre Gargantua en meilleure voie. Lequel le purgea canoniquement avec ellébore d'Anticyre, et, par ce médicament, lui nettoya toute l'altération et perverse habitude du cerveau. Par ce moyen aussi, Ponocrates lui fit oublier tout ce qu'il avait appris sous ses anciens précepteurs, comme faisait Timothée à ses disciples qui avaient été instruits sous d'autres musiciens.

Pour mieux faire, il l'introduisit dans la compagnie des gens savants du lieu, à l'émulation desquels il lui vint l'esprit et le désir d'étudier mieux et de se faire valoir.

Après cela, il le mit en tel train d'étude qu'il ne perdait heure quelconque du jour, mais passait tout son temps en lettres et honnête savoir. Gargantua s'éveillait donc vers quatre heures du matin. Pendant qu'on le frottait, il lui était lu hautement et clairement quelque page de la divine Écriture, avec prononciation convenable au sujet, et à ce était commis un jeune page natif de Basché, nommé Anagnostes. Selon le propos et argument de cette leçon, souvent il s'adonnait à révérer, adorer, prier et supplier le bon Dieu, duquel la lecture montrait la majesté et les jugements merveilleux.

Puis on allait aux lieux secrets faire excrétion des digestions naturelles. Là, son précepteur lui répétait ce qui avait été lu, lui exposant les points les plus obscurs et les plus difficiles. A leur retour, ils considéraient l'état du ciel, et si tel il était qu'ils l'avaient noté au soir précédent, dans quels signes entrait le soleil et aussi la lune pour cette journée.

Cela fait, il était habillé, peigné, bichonné, accoutré et parfumé, durant quel temps on lui répétait les leçons du jour d'avant. Lui-même les disait par cœur, et y fondait quelques cas pratiques concernant l'état humain, laquelle étude il prolongeait quelquefois pendant deux ou trois heures ; mais ordinairement il cessait lorsqu'il était fini d'habiller. Puis, pendant trois bonnes heures lui était faite lecture. Cela fait, ils sortaient, toujours conférant des propos de la lecture, et se transportaient au jeu de paume ou dans les prés et jouaient à la balle, à la paume, à la pile trigone (1), galamment s'exerçant le corps, comme ils avaient les âmes auparavant exercé. Tout leur jeu n'était qu'en liberté, car ils laissaient la partie quand il leur plaisait, et cessaient ordinairement lorsque le corps était en sueur ou qu'ils étaient autrement las. Alors ils étaient très bien essuyés et frottés, changeaient de chemise et, doucement se promenant, allaient voir si le dîner était prêt. En attendant, ils récitaient clairement et éloquemment quelques sentences retenues de la leçon.

Cependant monsieur l'appétit venait, et, par bonne opportunité, ils s'asseyaient à table. Au commencement du repas était lue quelque histoire plaisante des anciennes prouesses, jusqu'à ce qu'il eût pris son vin. Lors (si bon semblait), on continuait la lecture, ou l'on commençait à deviser joyeusement ensemble, parlant, pour les premiers mots, de la vertu, propriété, efficacité

(1) Jeu qui se jouait à trois, les joueurs se plaçant triagonalement.

et nature de tout ce qui était servi sur la table (1) : pain, vin, eau, sel, viandes, poissons, fruits, herbes, racines, et de l'apprêt d'icelles. Ce que faisant, il apprit en peu de temps tous les passages à ce compétents en Pline, Athénée, Dioscorides, Julius Pollux, Galin, Porphyre, Opian, Polybe, Héliodore, Aristote, Élian et autres. Ces propos tenus, ils faisaient souvent, pour plus être assurés, apporter les livres susdits à table. Et il retint si bien toutes les choses ainsi dites, en sa mémoire, que, pour lors, il n'y avait médecin qui en sût moitié autant qu'il faisait. Après cela, ils devisaient des leçons lues le matin, et, parachevant leur repas par quelque confiture de coing ou autre, ils se curaient les dents avec un bout de bois de lenstique, se lavaient les yeux et les mains de belle eau fraîche, et rendaient grâces à Dieu par quelques beaux cantiques faits à la louange de la munificence et bonté divine.

Cela fait, on apportait des cartes, non pour jouer, mais pour y apprendre mille petites gentillesses et inventions nouvelles, lesquelles toutes se rapportaient à l'arithmétique. Par ce moyen, il prit goût à cette science numérale, et, tous les jours après dîner et souper, il y passait le temps aussi plaisamment qu'il avait coutume de le faire aux dés ou aux cartes. Avec le temps il en sut si long de la théorie et de la pratique, que l'anglais Tunstal, qui en avait amplement écrit, confessa que, vraiment, en comparaison de lui, il n'y entendait que le haut allemand.

Et il en fut ainsi non seulement de l'arithmétique,

_____

(1) Ce sont les leçons de choses, contrôlées par les opinions des savants qui en ont écrit.

5

mais des autres sciences mathématiques, comme géométrie, astronomie et musique. Car, en attendant la concoction et digestion de leur repas, ils faisaient mille joyeux instruments et figures géométriques, et de même pratiquaient les canons astronomiques. Puis, ils s'ébaudissaient à chanter musicalement à quatre et cinq parties, ou sur un thème, à plaisir de gorge. En fait d'instruments de musique, il apprit à jouer du luth, de l'épinette, de la harpe, de la flûte d'Allemand, de la flûte à neuf trous, de la viole et de la sacqueboutte (1).

Une heure ainsi employée, et la digestion parachevée, il se purgeait des excréments naturels ; puis se remettait à son étude principale pour trois heures ou plus : tant à répéter la lecture du matin ou continuer le livre commencé qu'à écrire et bien tirer et former les lettres antiques et les romaines.

Cela fait, ils sortaient de leur hôtel, et avec eux un jeune gentilhomme de Touraine, nommé l'écuyer Gymnaste, qui leur montrait l'art de la chevalerie. Changeant donc de vêtements, il montait sur un coursier, sur un roussin, sur un genêt, sur un cheval barbe, cheval léger, et lui donnait cent carrières ; le faisait voltiger en l'air, franchir le fossé, sauter la barrière, tourner court en un cercle, tant à droite qu'à gauche. Là rompait, non la lance (car c'est la plus grande rêverie du monde de dire : j'ai rompu dix lances en tournoy ou en bataille ; un charpentier le ferait bien, mais louable gloire est d'une lance avoir

_____

(1) Sorte de trombone.

rompu dix de ses ennemis). De sa lance donc, acérée, verte et raide, rompait un huis, enfonçait un harnais, déracinait un arbre, enfilait un anneau, enlevait une selle d'armes, un haubert, un gantelet, et tout cela armé de pied en cap.

Pour ce qui regarde l'art de la voltige, nul ne le faisait mieux que lui. Le voltigeur de Ferrare n'était qu'un singe en comparaison. Singulièrement il avait appris à sauter vivement d'un cheval sur l'autre, sans prendre terre (ce pourquoi on nommait ces chevaux désultoires), et, de chaque côté, la lance au poing, monter sans étrivières, et, sans bride, guider le cheval à son plaisir. Car telles choses sont utiles à la discipline militaire.

Un autre jour, il s'exerçait à la hache, laquelle tant bien il brandissait, tant vertement de tous pics resserrait, tant soupplement abaissait en taille ronde, qu'il fût passé chevalier d'armes en campagne, et en tous essais.

Puis, il branlait la pique, sacquait de l'épée à deux mains, de l'épée bâtarde, de l'espagnole, de la dague et du poignard; armé, non armé, au bouclier, à la cape, à la rondelle.

Il courait le cerf, le chevreuil, l'ours, le daim, le sanglier, le lièvre, la perdrix, le faisan, l'outarde; jouait à la grosse balle et la faisait bondir en l'air, autant du pied que du poing. Puis, il luttait, courait, sautait, non à trois pas un saut, non à cloche-pied, non au saut d'Allemand, car, disait Gymnaste, tels sauts sont inutiles et de nul bien à la guerre, mais d'un saut franchissait un fossé, volait par-dessus une haie, montait six pas contre une muraille et atteignait de cette façon une fenêtre de la hauteur d'une lance.

Il nageait en eau profonde, à l'endroit, à l'envers, de côté, de tout le corps, des seuls pieds, une main en l'air, en laquelle tenant un livre, il transpassait toute la rivière de Seine sans le mouiller, et tirant par les dents son manteau, comme faisait Jules César : puis d'une main entrait par grande force en un bateau, d'où il se jetait de rechef en l'eau la tête la première, sondait le parfond, creusait les rochers, plongeait aux abîmes et gouffres. Puis il tournait son bateau, le gouvernait, le menait hâtivement, lentement, à fil d'eau, contre le courant, le retenait en pleine écluse, d'une main le guidait, de l'autre s'escrimait avec un grand aviron, tendait la voile, montait aux mâts par les cordages, courait sur les vergues, ajustait la boussole, contreventait les boulines (1), bandait le gouvernail.

Sortant de l'eau raidement, il montait contre la montagne et dévalait aussi franchement; grimpait aux arbres comme un chat, sautait de l'un à l'autre comme un écureuil, abattait les gros rameaux comme un autre Milon de Crotone, avec deux poignards acérés et deux poinçons éprouvés, il montait au haut d'une maison comme un rat, puis descendait du haut en bas, en telle composition des membres que dans la chute il ne se faisait aucun mal. Jetait le dard, la pierre, la javeline, l'épieu, la hallebarde, enfonçait l'arc, bandait aux reins les fortes arbalètes de passe, visait de l'arquebuse à l'œil, affutait le canon, tirait à la butte, au papegay, du bas en mont, d'amont en aval, devant, de côté, en arrière, comme les Parthes.

_____

(1) Faisait prendre le vent aux voiles.

On lui attachait un câble en quelque haute tour, pendant en terre : en le prenant à deux mains, il montait, puis dévalait si raidement et si assurément que plus vous n'en pourriez faire dans un pré bien nivelé. On lui mettait une grosse perche appuyée à deux arbres ; il s'y pendait par les mains et allait et venait si vite, sans des pieds à rien toucher, qu'à grande course on ne l'eût pu atteindre.

Et, pour s'exercer le thorax et les poumons, il criait comme tous les diables. Je l'entendis une fois appellant Eudémon, depuis la porte Saint-Victor jusques à Montmartre. Stentor n'eut jamais telle voix au siège de Troie (1).

Et, pour rendre ses nerfs forts et dispos, on lui avait fait deux grosses saumones de plomb, chacune du poids de huit mille sept cents quintaux, lesquelles il nommait altères. Il les prenait de terre chacune d'une main et les élevait en l'air au-dessus de sa tête ; il les tenait ainsi sans se remuer trois quarts d'heure et davantage, ce qui était d'une force inimitable. Il jouait aux barres avec les plus forts. Et, quand le point advenait, se tenait si raide sur ses pieds qu'il s'abandonnait aux plus aventureux, pour qu'ils essayassent de le faire mouvoir de sa place, comme jadis faisait Milon. A l'imitation duquel il tenait aussi une pomme de Grenade en sa main et la donnait à qui la lui pourrait ôter.

Le temps ainsi employé, lui frotté, nettoyé et

---

(1) Bonne leçon pour les sots pédagogues qui voudraient toujours, même en récréation, empêcher les enfants de crier ! Ceux-ci ont besoin de crier et c'est pour eux un excellent exercice.

rafraîchi d'habillements, tout doucement ils s'en re-
tournaient, et, passant par quelques prés ou autres
lieux herbus, visitaient les arbres et plantes, les conférant avec les livres des anciens qui en ont écrit, comme
Théophraste, Dioscorides, Marinus, Pline, Nicander,
Mar et Galen; et en emportaient leurs pleines mains
au logis; desquelles avait la charge un jeune page
nommé Rizotome, aussi bien que des sarcloirs, pio-
ches, serpettes, bêches, tranches, et autres instruments
requis pour bien herboriser.

Arrivés au logis, pendant qu'on apprêtait le souper, ils répétaient quelques passages de ce qui avait
été lu et puis s'asseyaient à table. Notez ici que son
dîner était sobre et frugal; car il ne mangeait que
pour réfréner les abois de l'estomac; mais le souper
était copieux et large. Car autant il en prenait qu'il
était besoin pour s'entretenir et se nourrir. Ce qui
est la vraie diète, prescrite par l'art de bonne et
sûre médecine, quoiqu'un tas de badauds médecins,
herselés (1) dans l'officine des Arabes, conseillent le
contraire.

Durant ce repas, la leçon du dîner était continuée,
tant que bon semblait : le reste se passait en bons
propos, tous lettrés et utiles. Après les Grâces, ils
s'adonnaient à chanter musicalement, à jouer d'instruments harmonieux ou à ces petits passetemps qu'on
fait avec les cartes, les dés ou les gobelets : et là
demeuraient faisant grand'chère, s'ébaudissant parfois
jusqu'à l'heure de dormir, d'autres fois, ils allaient

_____

(1) Rompus à la herse.

visiter les compagnies des gens lettrés ou de ceux qui avaient vu des pays étrangers.

En pleine nuit, avant de se retirer, ils allaient au lieu de leur logis le plus découvert, voir la face du ciel; et ils notaient les comètes, s'il y en avait, et les figures, situations, aspects, oppositions et conjonctions des astres.

Puis, avec son précepteur, il récapitulait brièvement, à la mode des Pythagoriciens, tout ce qu'il avait lu, vu, su, fait et entendu au décours de toute la journée. Enfin, ils priaient Dieu le Créateur, en l'adorant, et ratifiant leur foi envers lui, le glorifiaient de sa bonté immense : et, lui rendant grâce pour tout le temps passé, se recommandaient à sa divine clémence pour tout l'avenir. Cela fait entraient en leur repos.

CHAPITRE XXIV.

COMMENT GARGANTUA EMPLOYAIT LE TEMPS QUAND L'AIR ÉTAIT PLUVIEUX.

S'il advenait que l'air fût pluvieux et intempéré, tout le temps d'avant dîner était employé comme de coutume, excepté qu'on allumait un beau et clair feu, pour corriger l'intempérie de l'air. Mais, après dîner, au lieu de se livrer aux exercitations sus énumérées, ils restaient à la maison, et, par manière d'apothérapie, s'ébattaient à boteler du foin, à fendre et scier du bois, et à battre les gerbes dans la grange. Puis, ils étudiaient en l'art de peinture et de sculpture, ou remettaient en usage l'antique jeu des osselets, ainsi qu'en a écrit Leonicus (1), et comme y joue notre bon ami Lascaris.

En y jouant, ils recherchaient les passages des auteurs anciens où il est fait mention de ce jeu. Ensuite ils allaient voir comment on tirait les métaux ou comment on fondait l'artillerie; ou bien ils allaient voir les lapidaires, les orfèvres et les tailleurs de pierreries, ou les alchimistes et monnoyeurs, ou les hautelissiers, tisserands, veloutiers, horlogers, miroitiers, imprimeurs, organistes, teinturiers et autres telles sortes d'ouvriers, et, partout payant à boire, apprenaient et considéraient l'industrie et invention des métiers.

Tantôt ils allaient ouïr les leçons publiques, les actes solennels, les répétitions, déclamations, plaidoiries des gentils avocats ou sermons des prêcheurs évangéliques. D'autres fois, ils passaient par les salles et lieux ordonnés pour l'escrime; et là, contre les maîtres, essayaient de toutes sortes d'armes et leur montraient par évidence qu'ils en savaient autant et même plus qu'eux.

Au lieu d'herboriser, ils visitaient les boutiques des droguistes, herboristes et apothicaires et considéraient avec soin les fruits, racines, feuilles, gommes, semences, onguents étrangers, et aussi comment on les falsifiait. Ils allaient aussi voir les bateleurs, faiseurs de tours et vendeurs de thériaque, et considéraient leurs gestes, ruses, parades et beau parler : notamment ceux de Chaunys en Picardie, qui sont de nature grands jaseurs

---

(1) Vénitien, auteur d'un traité intitulé *Sarmentus, sine de ludo talario* (1514).

et beaux bailleurs de balivernes en matière de singes verts (1).

De retour pour souper, ils mangeaient plus sobrement que les autres jours et viandes plus dessiccatives et moins nourrissantes, afin que l'intempérie humide de l'air, communiquée au corps par nécessaire confinité, fût par ce moyen corrigée, et ne leur fût incommode comme elle aurait pu l'être par suite du manque de leurs exercices accoutumés.

Ainsi fut gouverné Gargantua, et il continuait ce procès de jour en jour, profitant comme vous comprenez que peut le faire à son âge un jeune homme de bon sens, en tel exercice ainsi continué. Lequel, bien qu'il semblât pour le commencement difficile, se trouva à la longue si doux, léger et délectable que mieux ressemblait à un passetemps de roy qu'à l'étude d'un écolier. Toutefois, Ponocrates, pour le reposer de cette véhémente tension des esprits, avisait une fois le mois quelque jour bien clair et serein, auquel ils quittaient la ville dès le matin pour aller à Gentilly ou Boulogne, ou à Montrouge, ou au pont Charenton, ou à Vanves, ou à Saint-Cloud. Et là ils passaient toute la journée à faire la plus grand'chère dont ils se pouvaient aviser : raillant, se gaudissant, buvant d'autant, jouant, chantant, dansant, se vautrant en quelque beau pré, dénichant des passereaux, prenant des cailles, pêchant aux grenouilles et aux écrevisses.

Mais, encore que cette journée fût passée sans livres et lectures, point elle n'était passée sans profit; car, en beau pré, ils recolaient par cœur quelques plaisants

_____

(1) Choses fantastiques comme le singe vert ou le merle blanc.

5.

vers sur l'*Agriculture* de Virgile, de Hésiode, ou du
Rustique de Politian; décrivaient quelques plaisantes
épigrammes en latin, puis les mettaient en rondeaux
et ballades en langue française. En banquetant, ils
s'amusaient à séparer l'eau du vin coupé, comme
l'enseigne Caton *De re rust.*, et Pline, avec un gobelet
de lierre; lavaient le vin en plein bassin d'eau, puis, le
retirant avec un entonnoir, faisaient aller l'eau d'un
verre en un autre et construisaient de petits engins
automates, c'est-à-dire se mouvant eux-mêmes.

CHAPITRE XXV.

COMMENT FUT MU ENTRE LES FOUACIERS (1) DE LERNÉ
ET CEUX DU PAYS DE GARGANTUA
LE GRAND DÉBAT QUI AMENA DE GROSSES GUERRES.

En ce temps qui fut la saison des vendanges au
commencement d'automne, les bergers de la contrée
étaient à garder les vignes et empêcher que les étour-
neaux ne mangeassent les raisins. Les fouaciers de
Lerné passaient alors le grand chemin, menant dix à
douze charges de fouaces à la ville. Les dits bergers
les requirent courtoisement de leur en bailler pour
leur argent, au prix du marché. Car, notez que c'est
un mets divin de manger à déjeuner du raisin avec des
fouaces fraîches, mêmement des pineaux, des fiers, des

(1) Faiseurs de fouaces, sorte de gâteau ou galette.

muscadeaux, de la bicane et des foirars pour ceux qui sont constipés du ventre, car ils les font aller long comme un épieu et souvent, cuidant (1) péter, ils se conchient, d'où ils sont nommés les cuideurs de vendanges. A leur requête ne se montrèrent aucunement enclins les fouaciers, et (qui pis est) ils les outragèrent grandement, les appelant trop diteux (bavards), brèche-dents, plaisants rousseaux, galliers (2), chienlits, averlans (3), limes sourdes, fainéans, friandeaux, bustarins (4), talvassiers (5), rien ne vaut, rustres, challands, happelopins, traînegaines, gentils floquets (6), copiux, landores (7), malotrus, dandins, beaugears (8), tezés (9), gaubregeux (10), goguelus, claquedents, bouviers d'étron, bergers de merde et autres telles épithètes diffamatoires ; ajoutant que ce n'était pas pour eux qu'étaient ces belles fouaces ; mais qu'ils se devaient contenter de gros pain ballé et de tourte. Au quel outrage un d'entre eux nommé Forgier, bien honnête homme de sa personne et notable bachelier, répondit doucement : Depuis quand avez-vous pris des cornes pour être si rogues devenus ? Autrefois, vous nous en vouliez bien bailler, et maintenant vous vous y refusez. C⟨

---

(1) *Cuidant*, pensant, croyant.
(2) Galeux.
(3) Lourdauds.
(4) Ivrognes.
(5) Hâbleurs.
(6) Freluquets.
(7) Impotents.
(8) Gueux logés dans des beauges ou bouges.
(9) Pelés et tondus.
(10) Gobergeurs.

n'est le fait de bons voisins et ainsi ne faisons-nous, quand vous venez ici acheter notre beau froment, avec lequel vous faites vos gâteaux et fouaces : encore que par le marché nous vous ayons donné de nos raisins ; mais par la merdé, vous pourrez vous en repentir et avoir quelque jour affaire à nous ; lors nous vous rendrons la pareille, qu'il vous en souvienne.

Alors Marquet, grand bâtonnier de la confrérie des fouaciers, lui dit : Vraiment, tu es bien acrêté ce matin ; tu mangeas hier soir trop de mil. Viens ça, viens ça, je te donnerai de ma fouace. Alors Forgier, en toute simplicité, approche, tirant un unzein (1) de son baudrier, pensant que Marquet lui dût dépocher de ses fouaces ; mais il lui bailla de son fouet à travers les jambes, si rudement que les nœuds y apparaissaient : puis voulut gagner à la fuite, mais Forgier cria au meurtre et à la force, tant qu'il put. Il lui jeta en même temps un gros bâton qu'il portait sous aisselle et l'atteignit à la jointure coronale de la tête, sur l'artère crotaphicque, du côté droit, en telle sorte que Marquet tomba de dessus sa jument, mieux semblant homme mort que vif.

Cependant des métayers, qui là auprès abattaient les noix, accoururent avec leurs grandes gaules et frappèrent sur ces fouaciers comme sur seigle vert. Les autres bergers et bergères, entendant le cri de Forgier, y vinrent avec leurs frondes et leurs bâtons et les poursuivirent à coups de pierres, si dru qu'il semblait que ce fût grêle. Finalement, ils les atteignirent et leur enlevèrent quatre ou cinq douzaines de fouaces ; toute-

---

(1) Pièce de onze deniers.

fois ils les payèrent au prix accoutumé et leur donnèrent un cent de noix et trois panerées de francs
aubiers; puis les fouaciers aidèrent à monter à Marquet,
qui était vilainement blessé, et retournèrent à Lerné,
sans poursuivre le chemin de Pareillé, menaçant fort
et ferme les bouviers, bergers et métayers de Seuillé et
de Sinays.

Cela fait, bergers et bergères firent chère lie avec ces
fouaces et beaux raisins, et rigollèrent ensemble au
son de la cornemuse, se moquant de ces beaux glorieux
de fouaciers qui avaient trouvé male encontre, par
faute de s'être signés de la bonne main le matin. Et,
avec des gros raisins chenins, ils étuvèrent les jambes
de Forgier mignonnement, si bien qu'il fut tantôt
guéri.

CHAPITRE XXVI.

COMMENT LES HABITANTS DE LERNÉ, PAR LE COMMANDEMENT DE PICHROCOLE, LEUR ROI, ASSAILLIRENT AU DÉPOURVU LES BERGERS DE GRANDGOUSIER.

Les fouaciers, de retour à Lerné, avant même de
boire et de manger, se transportèrent au Capitole, et là,
devant leur roi, nommé Pichrocole, troisième du nom,
ils firent leurs plaintes, montrant leurs paniers
rompus, leurs bonnets fripés, leurs habits déchirés,
leurs fouaces détroussées et, tout particulièrement,
Marquet blessé grièvement et disant que le tout avait

été fait par les bergers et métayers de Grandgousier, sur le grand chemin par delà Seuillé.

Pichrocole, incontinent, entra en courroux furieux et, sans plus se demander ni pourquoi ni comment, fit crier par son pays le ban et l'arrière-ban; et que chacun, sous peine de mort, se rassemblât en armes sur la grande place devant le château à l'heure de midi. Pour mieux attester son entreprise, il fit battre le tambourin tout autour de la ville, et lui-même, pendant qu'on apprêtait son dîner, alla faire affuter son artillerie, déployer son enseigne et son oriflamme, et charger force munitions, tant de harnais d'armes que de gueulle.

En dînant, il distribua les commissions et mit par son édit le seigneur Trépelu à la tête de l'avant-garde composée de seize mille quatorze hacquebutiers (1) et de trente mille et onze aventuriers. A la tête de l'artillerie fut mis le grand écuyer Touquedillon. L'artillerie se composait de neuf cent quatorze grosses pièces de bronze, en canons, doubles-canons, basiliques, serpentines, coulevrines, bombardes, faucons, passevolants, spirales et autres pièces. L'arrière-garde fut confiée au duc Raquedenare. En la bataille se tinrent le roi et les princes de son royaume. Ainsi sommairement accoutrés, avant de se mettre en route, ils envoyèrent trois cents chevau-légers sous la conduite du capitaine Engoulevent, pour découvrir le pays et savoir s'il n'existait aucune embûche par la contrée. Mais, après avoir diligemment recherché, ils trouvèrent tout le pays aux environs en paix et en silence, sans

_____

(1) Arquebusiers.

assemblées quelconques. Pichrocole, apprenant cela, commanda que chacun marchât sous son enseigne en toute hâte.

Alors donc, sans ordre ni mesure, ils se mirent tous en campagne, gâtant et dissipant tout par où ils passaient, sans épargner ni pauvre ni riche, ni lieu sacré ni profane ; emmenant bœufs, vaches, taureaux, veaux, génisses, brebis, moutons, chèvres et boucs, poules, chapons, poulets, oies, jards et oisons, porcs, truies et gorets, abattant les noix, vendangeant les vignes, emportant les ceps, faisant tomber tous les fruits des arbres. Ce qu'ils faisaient était un désordre incomparable. Ils ne trouvèrent d'ailleurs personne qui leur résistât. Au contraire, chacun se mettait à leur merci, les suppliant d'être traités plus humainement, en considération de ce qu'ils avaient de tous temps été bons et aimables voisins et n'avaient jamais commis envers eux ni excès ni outrages pour être ainsi soudainement par eux mal vexés, et que Dieu les en punirait bientôt. A toutes ces remontrances ils n'avaient qu'une réponse : c'est qu'ils voulaient leur apprendre à manger de la fouace.

CHAPITRE XXVII.

COMMENT UN MOINE DE SEUILLÉ SAUVA LE CLOS DE L'ABBAYE DU SAC DES ENNEMIS.

Ils en firent tant, tracassant, pillant et larronnant, qu'ils arrivèrent à Seuillé, où ils détroussèrent hommes et femmes et prirent tout ce qu'ils purent : rien ne leur fut ni trop chaud ni trop pesant. Bien que la peste fût dans la plupart des maisons, ils entraient partout, ravissaient tout ce qui était dedans et jamais nul d'entre eux n'en souffrit aucun dommage, ce qui est un cas assez merveilleux ; car les curés, vicaires, prêcheurs, médecins, chirurgiens et apothicaires qui allaient visiter, panser, guérir, prêcher et admonester les malades, étaient tous morts de l'infection ; et ces diables pillards et meurtriers jamais n'y prirent mal. D'où vient cela, Messieurs ? pensez-y, je vous prie.

Le bourg ainsi pillé, ils se rendirent en l'abbaye avec un horrible tumulte : mais ils la trouvèrent bien resserrée et fermée : pour cette cause l'armée principale marcha outre vers le gué de Vède, excepté sept enseignes de gens de pied et deux cents lances qui là restèrent et rompirent les murailles du clos, afin de gâter toute la vendange.

Les pauvres diables de moines ne savaient auquel de leurs saints se vouer. A toutes aventures, ils firent sonner *ad capitulum capitulantes* (1); et il fut décrété qu'ils feraient une belle procession, renforcée de beaux prêches et litanies *contra hostium insidias* (2), et de beaux répons *pro pace* (3).

En l'abbaye était pour lors un moine claustrier, nommé frère Jean des Entommeures, jeune, galant, frisque, de hait, bien adroit, hardi, aventureux, délibéré, haut, maigre, bien fendu de gueule, bien avantagé

---

(1) Ils firent appeler les capitulants au chapitre.
(2) Contre les embûches des ennemis.
(3) Pour la paix.

en nez, beau dépêcheur d'heures, beau débrideur de messes, beau décrotteur de vigiles ; pour tout dire, un vrai moine si jamais il en fut, depuis que le monde moinant moina de moinerie ; au reste, clerc jusqu'aux dents en matière de bréviaire.

Celui-ci, entendant le bruit que faisaient les ennemis par le clos de leur vigne, sortit hors pour voir ce qu'ils faisaient. Et, avisant qu'ils vendangeaient leur clos, qui était leur seule ressource pour le boire de toute l'année, il retourna au chœur de l'église où étaient les autres moines, tous étonnés comme fondeurs de cloches, et les oyant chanter *im, im, pe, e, e, e, e, e, tum, um, in, imi, co, o, o, o, o, o, rum, um.* C'est, dit-il, bien chié chanté. Vertu-Dieu, que ne chantez-vous : Adieux paniers, vendanges sont faites? Je me donne au diable s'ils ne sont en notre clos et tant bien coupant et ceps et raisins, qu'il n'y aura, par le corps-Dieu, de quatre années qu'à grappiller dedans. Ventre-saint-Jacques, que boirons-nous cependant, nous autres pauvres diables ? Seigneur Dieu, *da mihi potum* (1).

Lors dit le prieur claustral: Que vient faire cet ivrogne ici? qu'on me le mène en prison : troubler ainsi le service divin! Mais, dit le moine, le service du vin? faisons en sorte qu'il ne soit point troublé ; car vous-même, monsieur le Prieur, aimez boire du meilleur, et ainsi fait tout homme de bien. Jamais homme noble ne haït le bon vin; c'est un apophthegme monacal. Mais les répons que vous chantez ici ne sont, par Dieu, point de saison.

Pourquoi nos heures, en temps de moissons et ven-

(1) Donne-moi le boire.

danges, sont-elles courtes et en l'Avent et tout l'hiver
si longues? Feu frère Macé Pelasse, de bonne mémoire,
vrai zélateur de notre religion (ou je me donne au
diable) me dit, il m'en souvient, que la raison en était
qu'en cette saison il fallait que nous fissions bien faire
et serrer le vin et en hiver le boire.

Écoutez, vous autres : qui aime le vin me suive. Car,
je le dis hardiment : que saint Antoine m'arde si ceux-
là tâtent du piot qui n'auront point secouru la vigne.
Ventre-Dieu, les biens de l'Église ! Ha non, non, diable !
saint Thomas l'Anglais, voulut bien pour eux mourir :
si j'y mourais, ne serais-je pas saint de même? Je n'y
mourrai pourtant pas : car c'est moi qui le fais aux
autres.

Ce disant, il mit bas son grand habit et se saisit du
bâton de la croix, qui était de cœur de cormier, long
comme une lance, rond à plein poing et quelque peu
semé de fleurs de lys toutes presque effacées. Ainsi
sortit en beau sayon, mit son froc en écharpe et de son
bâton de la croix donna très brusquement sur les
ennemis qui, sans ordre ni enseigne, trompette ni tambourin, dans le clos vendangeaient. Car les porteguidons
dons et portenseignes avaient mis leurs guidons et
enseignes hors des murs, les tambourineurs avaient
défoncé leurs tambourins d'un côté pour les emplir de
raisins; les trompettes étaient chargées de mous-
sines (1), chacun était dérayé (2).

Il choqua donc si raidement sur eux, sans dire gare,
qu'il les renversait comme porcs, frappant à tort et à

---

(1) Sarments couverts de leurs feuilles et de leurs raisins.
(2) Déraillé. Hors de sa voie, en désordre.

travers à la vieille escrime. Aux uns il écrabouillait la cervelle, aux autres rompait bras et jambes, aux autres démettait les spondiles du cou, aux autres démollissait les reins, faisait rentrer le nez, pochait les yeux, fendait les mandibules, enfonçait les dents en la gueule, désarticulait les omoplates, meurtrissait le devant des jambes, déboitait les hanches, débezillait les faucilles (1). Si quelqu'un se voulait cacher entre les ceps plus épais, il lui froissait toute l'arête du dos et l'éreintait comme un chien.

Si aucun se voulait sauver en fuyant, il lui faisait voler la tête en pièces par la commissure lambdoïde. Si aucun grimpait à un arbre, pensant y être en sûreté, de son bâton il l'empalait par le fondement.

Si quelqu'un de sa vieille connaissance lui criait : Ha, frère Jehan, je me rends; tu y es, disait-il, bien forcé; mais en même temps tu rendras l'âme à tous les diables. Et soudain lui donnait dessus. Et si aucun était assez téméraire pour vouloir lui résister en face, c'est là qu'il montrait la force de ses muscles; car il lui transperçait la poitrine par le diaphragme et par le cœur; à d'autres, donnant au défaut des côtes, il subvertissait l'estomac et ils mouraient soudainement; à d'autres il frappait si rudement par le nombril, qu'il leur faisait sortir les tripes; à d'autres, parmi les couillons, il perçait le boyau cullier. Croyez que c'était le plus horrible spectacle qu'on vît jamais.

Les uns criaient, sainte Barbe! les autres, saint George! les autres, sainte Nitouche! les autres, Notre Dame de Cunault, de Laurette, de Bonnes-Nouvelles,

---

(1) Rompait bras et jambes.

de la Lenou, de la Rivière. Les uns se vouaient à saint Jacques, les autres au saint suaire de Chambéry : mais il brûla trois mois après, si bien qu'on n'en put sauver un seul brin ; les autres se vouaient à Cadouin, les autres à saint Jean d'Angely, les autres à saint Eutrope de Saintes, à saint Mesme de Chinon, à saint Martin de Candes, à saint Clouaud de Sinays, aux reliques de Jaurezay et à mille autres bons petits saints. Les uns mouraient sans parler, les autres parlaient sans mourir, les uns se mouraient en parlant, les autres parlaient en mourant. Les autres criaient à haute voix, confession, confession, *Confiteor, Miserere, in manus!*

Si grand fut le cri des navrés que le prieur de l'abbaye et tous ses moines sortirent. Lesquels, quand ils aperçurent ces pauvres gens ainsi jetés parmi la vigne et blessés à mort, en confessèrent quelques-uns.

Mais pendant que les prêtres s'amusaient à confesser, les petits moinetons coururent au lieu où était frère Jean et lui demandèrent en quoi il voulait qu'ils lui aidassent. A quoi il répondit qu'ils égorgetassent ceux qui étaient portés par terre. Laissant donc leurs grandes capes sur une treille voisine, ils commencèrent à égorgeter et achever ceux qu'il avait déjà meurtris. Savez-vous avec quels instruments? avec de beaux gouets, qui sont de petits demi-couteaux, avec lesquels les petits enfants de notre pays cernent les noix.

Puis, avec son bâton de la croix, il gagna la brèche qu'avaient faite les ennemis. Quelques-uns des moinetons emportèrent les enseignes et guidons dans leurs chambres pour s'en faire de belles jarretières. Mais quand ceux qui s'étaient confessés voulurent sortir par cette brèche, le moine les assommait de coups, disant :

Ceux-ci sont confessés et repentants, et ont gagné les pardons, ils s'en vont en Paradis aussi droit qu'une faucille ou que le chemin de Faye (1). Ainsi, par sa prouesse, furent déconfits tous ceux de l'armée ennemie qui étaient entrés dans le clos, jusqu'au nombre de treize mille six cent vingt et deux, sans les femmes et petits enfants, cela s'entend toujours. Jamais l'ermite Maugis ne se comporta si vaillamment avec son bourdon contre les Sarrazins, dont il est écrit aux gestes des quatre fils Aymnon, que le moine à l'encontre des ennemis avec le bâton de la croix.

CHAPITRE XXVIII.

COMMENT PICHROCOLE PRIT D'ASSAUT LA ROCHE-CLERMAUD, ET LES REGRETS ET DIFFICULTÉ QUE FIT GRANDGOUSIER D'ENTREPRENDRE GUERRE (2).

Pendant que le moine s'escarmouchait comme nous avons dit, contre ceux qui étaient entrés dans le clos, Pichrocole, en grande hâte, passa le gué de Vède avec ses gens et assaillit la Roche-Clermaud où il ne lui fut

---

(1) Bourg situé sur une hauteur et où l'on n'arrive que par de nombreux détours.

(2) Aujourd'hui on dirait d'entreprendre *la guerre*. Nous sommes d'avis qu'entreprendre guerre est une locution générale équivalente à guerroyer, que Rabelais a bien fait de n'y pas introduire l'article *la*, et que même en français moderne on devrait être libre de dire, selon le sens, *entreprendre guerre* ou *la guerre*.

fait aucune résistance; et où, parce qu'il était déjà nuit, il résolut de s'héberger, lui et ses gens, de se rafraîchir de sa colère poignante.

Le matin venu, il prit d'assaut les boulevards et le château, puis le rempara très bien et le pourvut des munitions requises, pensant y faire sa retraite, s'il était assailli d'ailleurs. Car le lieu était fort, par art et par nature, à cause de sa situation et assiette.

Or, laissons-les là, et retournons à notre bon Gargantua qui est à Paris, bien occupé à l'étude des bonnes lettres et exercices athlétiques, et au vieux bonhomme Grandgousier son père qui, après souper, se chauffe les couilles à un beau, clair et grand feu; et, en attendant que les châtaignes soient grillées, fait semblant d'écrire au foyer avec un bâton brûlé par un bout, dont on éparpille le feu, faisant à sa femme et à sa famille de beaux contes du temps jadis.

Un des bergers qui gardaient les vignes, nommé Pillot, se transporta vers lui à cette heure et lui raconta d'un bout à l'autre les excès et pillages que faisait Pichrocole, roi de Lerné, sur ses terres et domaines, et comment il avait pillé, gâté, saccagé tout le pays, excepté le clos de Seuillé, que frère Jean des Entommeurs avait sauvé à son honneur, et qu'à présent ledit roi était à la Roche-Clermaud, et là, en grande hâte, se remparait lui et ses gens.

Hélas! hélas! dit Grandgousier, qu'est ceci, bonnes gens? Songé-je ou ce qu'on me dit est-il vrai? Pichrocole, mon ancien ami, de tout temps, de toute race et alliance, me vient-il assaillir? Qui le meut? qui le point? qui le conduit? qui l'a ainsi conseillé? Ho, ho, ho, ho, ho, mon Dieu, mon Sauveur, aide-moi, inspiremoi, conseille-moi ce qu'il faut faire. Je proteste, je jure devant toi (ainsi me sois-tu favorable!), que jamais je ne fis ni à lui déplaire, ni à ses gens dommage, ni en ses terres pillerie; mais que, bien au contraire, je l'ai secouru de gens, d'argent, de faveurs et de conseil, en tous cas où j'ai pu connaître son avantage. Qu'il m'ait donc à ce point outragé, ce ne peut être que par l'esprit malin. Bon Dieu! tu connais mon courage, car à toi rien ne peut être célé. Si, par cas, il était devenu furieux, et que pour lui réhabiliter le cerveau, tu me l'eusses ici envoyé, donne-moi pouvoir et savoir de le rendre au joug de ton saint vouloir par bonne discipline.

Ho, ho, ho, mes bonnes gens, mes amis, mes féaux serviteurs, faudra-t-il que je vous somme de m'y aider? Las! ma vieillesse n'avait besoin que de repos, et toute ma vie je n'ai à rien tant travaillé qu'à maintenir la paix; mais il faut, je le vois bien, que maintenant de harnais je charge mes pauvres épaules lasses et faibles, et qu'en ma main tremblante je prenne la lance et la masse pour secourir et garantir mes pauvres sujets. La raison le veut ainsi : car de leur labeur je suis entretenu, et de leur sueur je suis nourri, moi, mes enfants et toute ma maison. Ce nonobstant, je n'entreprendrai guerre que je n'ai essayé de tous les arts et moyens de paix : telle est ma résolution.

Il fit donc convoquer son conseil et lui soumit l'affaire telle qu'elle était. Il fut conclu qu'on enverrait quelque homme prudent vers Pichrocole, afin de savoir pourquoi il était ainsi soudainement sorti de son repos et avait envahi les terres sur lesquelles il n'avait aucun droit quelconque. De plus, on décida d'envoyer quérir

Gargantua et ses gens, afin de maintenir le pays et de le défendre en ce besoin. Le tout plut à Grandgousier et il commanda qu'ainsi fût fait. Sur l'heure donc il envoya son laquais basque quérir en diligence Gargantua, à qui il écrivit comme suit (1).

CHAPITRE XXIX.

LA TENEUR DES LETTRES QUE GRANDGOUSIER ÉCRIVIT A GARGANTUA.

La ferveur de tes études requérait que de longtemps je ne t'enlevasse à ce repos philosophique, si la confiance de nos amis et anciens confédérés n'eût pour le moment frustré la sécurité de ma vieillesse. Mais puisque telle est cette fatale destinée que je sois inquiété par ceux auxquels je me fiais le plus, force m'est de te rappeler au secours des gens et biens qui te sont de par

---

(1) Il ne sera peut-être pas superflu de faire remarquer au lecteur que, dans ce chapitre, le bon Grandgousier reconnaît formellement que même, en *droit seigneurial*, la rente n'est que le paiement des services rendus par le seigneur à ses sujets. S'il est entretenu de leur labeur, nourri de leur sueur, lui, ses enfants et toute sa maison, ce n'est pas pour ne remplir envers eux aucun devoir, ne prendre aucune peine. Il fallait arriver à la corruption morale du capitalisme moderne pour voir partout des peuples qui paient des rentes énormes et qui ne sont l'échange ni le salaire d'aucun service. Sous ce rapport, le temps où nous vivons est encore plus monstrueux que la monstrueuse époque où vivait Rabelais.

(Note de l'Editeur.)

droit naturel confiés. Car de même que les armes sont
débiles au dehors, si le conseil n'est en la maison, de
même vaine est l'étude, et le conseil inutile qui, en
temps opportun, avec courage n'est exécuté, et réduit
à ses véritables proportions.

Ma détermination n'est point de provoquer, mais
d'apaiser; d'assaillir, mais de défendre; de conquérir,
mais de garder mes féaux sujets et possessions hérédi-
taires, sur lesquelles Pichrocole est hostilement entré,
sans cause ni occasion, et où, de jour en jour, il poursuit
sa furieuse entreprise, accompagnée d'excès intolé-
rables à toutes personnes libres.

Je me suis mis en devoir, pour modérer sa colère
tyrannique, de lui offrir tout ce que je pensais pouvoir
le contenter; et plusieurs fois j'ai envoyé amiablement
vers lui, pour apprendre en quoi, par qui et comment
il se sentait outragé; mais de lui je n'ai eu réponse
que de défiance préméditée, et qu'en mes terres, tout
ce qu'il prétendait était un droit de bienséance. D'où
j'ai conclu que Dieu éternel l'a laissé au gouvernail de
son franc arbitre et propre sens, qui ne peut être que
méchant, si par la grâce divine il n'est continuellement
guidé; et qui, pour le contenir dans ses fonctions et le
rappeler à la connaissance qu'il doit avoir de lui-même,
me l'a ici envoyé à fâcheuses enseignes.

Pourtant, mon fils bien-aimé, ne manque pas, ces
lettres vues, de revenir en diligence, le plus tôt que tu
le pourras, pour secourir, non tant moi (ce que toutefois par pitié tu dois naturellement) que les tiens,
lesquels raisonnablement tu peux et dois sauver et
garder. L'exploit devra être fait avec la moindre
effusion de sang possible. Et, si faire se peut, à force

6

de stratagèmes des plus efficaces et des mieux ima-
ginés, et par ruses de guerre, nous sauverons toutes
les âmes et les renverrons joyeuses à leurs domiciles.

Très cher fils, la paix du Christ notre rédempteur,
soit avec toi. Salue de ma part Ponocrates, Gymnaste
et Eudémon.

Du vingtième de septembre.

Ton père,
GRANDGOUSIER.

CHAPITRE XXX.

COMMENT ULRICH GALLET FUT ENVOYÉ VERS PICHROCOLE.

Les letres dictées et signées. Grandgousier ordonna
que Ulrich Gallet, maître de ses requêtes, homme sage
et discret, duquel en diverses affaires contentieuses il
avait éprouvé la vertu et les bons avis, allât vers
Pichrocole, pour lui remontrer ce qui par eux avait
été décrété. Aussitôt, le bonhomme Gallet partit, et,
ayant passé le gué, il demanda des nouvelles de
Pichrocole au meunier, lequel lui fit réponse que
ses gens ne lui avaient laissé ni coq, ni poules, et
qu'ils s'étaient enfermés en la Roche-Clermaud, et
qu'il ne lui conseillait point de procéder outre, de
peur des gardes, car leur fureur était énorme : ce qu'il
crut facilement ; et pour cette nuit-là, il hébergea avec
le meunier.

Le lendemain matin, il se transporta avec le trompette à la porte du château et demanda aux gardes

de vouloir bien le faire parler au roi, pour son profit.

Ces paroles rapportées au roi, celui-ci ne consentit aucunement à ce qu'on lui ouvrît la porte ; mais il se transporta sur le boulevard, et dit à l'ambassadeur : Qu'y a-t-il de nouveau ? Qu'avez-vous à me dire ? Alors l'ambassadeur s'exprima ainsi :

CHAPITRE XXXI.

LA HARANGUE FAITE PAR GALLET A PICHROCOLE.

Il ne peut naître une plus juste cause de douleur entre les humains, que s'il leur advient ennui et dommage du lieu même dont à bon droit ils espéraient grâce et bienveillance. Et ce n'est pas sans cause (bien que sans raison), que plusieurs en éprouvant un tel accident ont estimé cette indignité moins tolérable que leur propre vie, et se sont eux-mêmes détruits, lorsque, par force ni autre moyen, ils n'ont pu parvenir à corriger ce funeste sort.

Il n'y a donc rien d'étonnant à ce que le roi Grandgousier, mon maître, soit, à ta furieuse et hostile venue, saisi de grand déplaisir et troublé dans son entendement.

Le merveilleux serait plutôt qu'il n'eût pas été ému par les excès incomparables qui, en ses terres et sur ses sujets, ont été commis par toi et par tes gens, et auxquels il n'a manqué aucun exemple d'inhumanité. Cela lui est de soi si douloureux ; si grande est la cordiale affection qu'il a toujours eue pour ses sujets ;

que cela ne saurait l'être davantage à aucun mortel. Toutefois, ce qui, dans l'estime publique, lui est le plus douloureux, c'est que ce soit par toi et par les tiens que ces griefs et torts lui ont été faits. De toute mémoire et ancienneté, vous aviez, tes pères et toi, fait amitié avec lui et tous ses ancêtres, laquelle, jusques à présent, vous aviez ensemble inviolablement maintenue, gardée et entretenue comme sacrée : si bien que non seulement lui et les siens, mais les nations barbares, Poitevins, Bretons, Manceaux et ceux qui habitent au delà des îles Canaries et d'Isabella (1), jugeaient aussi facile de démolir le firmament et d'élever les abîmes au-dessus des nues, que de désemparer votre alliance ; et la redoutaient si fort en leurs entreprises qu'ils n'ont jamais osé provoquer, irriter, ni endommager l'un par crainte de l'autre.

Il y a plus. Cette amitié sacrée a tant empli le monde de sa renommée, qu'il y a peu de gens aujourd'hui, parmi tous les habitants du continent et des îles de l'Océan, qui n'aient ambitieusement aspiré à y être reçus, en acceptant les traités faits par vous, autant estimant votre confédération que leurs propres terres et domaines. En sorte que de toute mémoire, il n'y a eu prince, ni ligue si cruelle ou superbe qui ait été courir sur, je ne dis point vos terres, mais celles de vos confédérés. Et si, par conseil précipité, ils ont contre eux tenté quelque usurpation, il leur a suffi d'entendre prononcer le nom et le titre de votre alliance, pour se désister aussitôt de leurs entreprises.

_____

(1) Ville dont Chr. Colomb jeta, en 1493, les fondements en Amérique.

Quelle furie donc te pousse maintenant, toute alliance brisée, toute amitié foulée aux pieds, tout droit outrepassé, à envahir hostilement ses terres, sans avoir été en rien par lui ni les siens endommagé, irrité ou provoqué? Où est la foi, où la loi, où la raison, où l'humanité, où la crainte de Dieu? Penses-tu que ces outrages puissent être célés aux esprits éternels, au Dieu souverain, qui est le juste juge de nos entreprises? Si tu le penses, tu te trompes; car toutes choses viendront à son jugement. Sont-ce de fatales destinées ou des influences astrales qui veulent mettre fin à tes aises et à ton repos? Il est certain que toutes choses ont leur période et leur fin. Et, quand elles sont venues à leur point superlatif, elles sont ici-bas ruinées : car elles ne peuvent longtemps demeurer en tel état. C'est la fin de ceux qui ne peuvent, à force de raison et de tempérance, modérer leur fortune et leurs prospérités.

Mais, si tel était l'arrêt de la destinée que ton bonheur et ton repos dussent prendre subitement fin, fallait-il que ce fût en nuisant à mon roi par qui tu as été établi? Si ta maison devait tomber en ruines, fallait-il qu'en sa ruine elle tombât sur le foyer de celui qui l'avait ornée? La chose est tellement hors les limites de la raison, si abhorrente au sens commun, qu'à peine l'entendement humain la peut-il concevoir; et elle restera incroyable aux étrangers jusqu'à ce que l'effet certain et prouvé leur donne à entendre que rien n'est saint ni sacré à ceux qui se sont émancipés de Dieu et de raison, pour suivre leurs passions perverses.

Si quelque tort avait été fait par nous à tes sujets et domaines, si par nous il avait été porté faveur à ceux qui ont encouru ta disgrâce, si en tes affaires nous ne

6.

t'avions secouru, si par nous ton nom et ton honneur avaient été blessés, ou, pour mieux dire, si l'esprit de la calomnie, essayant de te nuire, avait, par des menées fallacieuses et des fantômes trompeurs, mis en ton entendement que nous aurions fait envers toi quelque chose d'indigne de notre ancienne amitié, tu devais d'abord t'enquérir de la vérité, puis nous en admonester; et nous t'aurions si pleinement satisfait, que tu aurais été obligé de t'en contenter. Mais, ô Dieu éternel! quelle est ton entreprise? voudrais-tu, comme un tyran perfide, piller ainsi et ruiner le royaume de mon maître? l'as-tu jamais trouvé si lâche et stupide qu'il ne voulût, ou si destitué de gens, d'argent, de conseil et d'art militaire, qu'il ne pût résister à tes iniques assauts?

Pars donc d'ici présentement, et demain, à la fin du jour, sois retiré en tes terres, sans faire par le chemin aucun tumulte ni violence. Paie en outre mille bezans d'or pour les dommages que tu as faits sur ses terres. La moitié tu paieras demain, l'autre moitié aux prochaines ides de mai, nous laissant en même temps pour hôtages les ducs de Tournemoule, de Basdefesses, et de Ménuail, avec le prince de Gratelles et le vicomte de Morpiaille.

CHAPITRE XXXII.

COMMENT GRANDGOUSIER, POUR ACHETER LA PAIX, FIT RENDRE LES FOUACES.

Ayant ainsi parlé, le bonhomme Gallet se tut; mais Pichrocole à tous ses propos ne répondit autre chose, sinon : venez les quérir, venez les quérir. Ils ont belle couille et molle. Ils vous broieront de la fouace. Gallet retourna donc vers Grandgousier, lequel il trouva à genoux, tête nue, en un petit coin de son cabinet, priant Dieu qu'il voulût bien amollir la colère de Pichrocole, et le mettre au point de raison, sans y procéder par la force. Quand Grandgousier vit le bonhomme de retour, il lui demanda : Ha, mon ami, mon ami, quelles nouvelles m'apportez-vous ?

Cela va mal, dit Gallet : cet homme est complètement hors du sens et délaissé de Dieu. — Voire mais, dit Grandgousier, mon ami, quel cause allègue-t-il pour ces excès? — Il ne m'a, dit Gallet, exposé aucune cause, sinon qu'il m'a dit, en colère, quelques mots de fouaces. Je ne sais si l'on n'aurait point fait outrage à ses fouaciers. — Je veux, dit Grandgousier, être bien éclairé sur ce point avant qu'autre délibération prendre sur ce qui serait à faire.

Alors il se fit bien expliquer toute l'affaire, et trouva qu'il était vrai qu'on avait pris par force quelques fouaces aux gens de Pichrocole, et que Marquet avait reçu un vilain coup de tribard sur la tête; toutefois, que le tout avait été bien payé, et que ledit Marquet avait le premier frappé Forgier à coups de fouet dans les jambes. Et il sembla à tout son conseil que par tous les moyens il se devait défendre.

Ce nonobstant, dit Grandgousier, puisqu'il n'est question que de quelques fouaces, j'essaierai de le contenter : car il me déplaît par trop de faire la guerre. Il s'enquit donc du nombre de fouaces qui avaient été prises, et en apprenant que c'était quatre ou cinq douzaines, il commanda qu'on en fît cinq charretées dans la nuit, et que l'une fût de fouaces faites avec de beau beurre, de beaux jaunes d'œuf, de beau saffran, et de belles épices, pour être distribuées à Marquet, et que, pour ses intérêts, il lui donnait sept cent mille et trois philippus pour payer les barbiers qui l'auraient pensé; et de plus, il lui donnait franche la métairie de la Pomardière, à perpétuité, pour lui et les siens.

Pour le tout conduire et surveiller, Gallet fut envoyé, lequel, en chemin, fit cueillir près de la Saulaie force grands rameaux de cannes et de roseaux, dont il leur fit décorer leurs charrettes et chacun des charretiers. Lui-même en eut un à la main, pour donner à connaître qu'ils ne demandaient que la paix et qu'ils venaient pour l'acheter.

Rendus à la porte du château, ils demandèrent à parler à Pichrocole de la part de Grandgousier. Pichrocole ne voulut ni les laisser entrer, ni aller à eux pour leur parler, et il leur fit dire qu'il était occupé, mais qu'ils dissent ce qu'ils voudraient au capitaine Touquedillon, lequel affutait quelque pièce sur les murailles. Le bonhomme lui dit donc : Seigneur, pour vous enlever toute cause de débat, et vous ôter tout prétexte de ne point revenir à notre première alliance, nous venons vous rendre présentement les fouaces qui ont été l'origine de la controverse. Nos gens en prirent cinq douzaines qui furent très bien payées; nous aimons tant la paix que nous vous en rendons cinq charretées, desquelles celle-ci sera pour Marquet, qui a le plus à se plaindre. Ce n'est pas tout, pour le contenter entièrement, voilà sept cent mille et trois philippus que je lui livre; et, pour l'intérêt qu'il pourrait réclamer, je lui cède la métairie de la

Pomardière, à perpétuité, pour lui et les siens, possédable en franc alleu : voici le contrat de la transaction. Et, pour Dieu, vivons dorénavant en paix, et retirez-vous joyeusement sur vos terres, rendant cette place-ci, sur laquelle vous reconnaissez n'avoir aucun droit. Et après cela, soyons amis comme avant.

Touquedillon raconta le tout à Pichrocole, et de plus en plus envenima son ardeur, lui disant : Ces rustres ont une belle peur ; par Dieu, Grandgousier se conchie, le pauvre buveur. Ce n'est pas son cas d'aller en guerre, mais bien de vider les flacons. Je suis d'avis que nous retenions ces fouaces et l'argent, et que, pour le reste, nous nous hâtions de fortifier ces remparts et de poursuivre notre fortune. Mais pensent-ils donc avoir affaire à une dupe, de vous repaître de ces fouaces ? Voilà ce que c'est : le bon traitement et la grande familiarité que vous leur avez ci-devant tenus, vous ont rendu à leurs yeux contemptible. Oignez vilain, il vous poindra. Poignez vilain, il vous oindra.

— Çà, çà, çà, dit Pichrocole, par saint Jacques, ils en auront : faites ainsi que vous avez dit. — Il faut que je vous avertisse de quelque chose, dit Touquedillon. Nous sommes ici assez mal ravitaillés, et pourvus maigrement de vivres de gueule. Si Grandgousier venait ici nous assiéger, je m'irais immédiatement faire arracher toutes les dents sauf trois, et autant à vos gens qu'à moi ; il nous en resterait encore assez pour aller trop vite dans la consommation de nos munitions. — Nous n'aurons, dit Pichrocole, que trop de mangeaille. Sommes-nous ici pour manger ou pour batailler? — Pour batailler, vraiment, dit Touquedillon, mais, de la panse vient la danse, et

Où faim règne, force exule.

— C'est trop jaser, dit Pichrocole, saisissez ce qu'ils ont amené.

Ils prirent donc l'argent, et les fouaces ; quant aux bœufs et aux charrettes, ils les renvoyèrent sans mot dire, sinon qu'ils ne se permissent plus d'approcher de si près, pour le motif qu'on leur dirait demain.

Ceux-ci, sans avoir rien fait, retournèrent vers Grand-gousier, et lui contèrent tout, ajoutant qu'il n'y avait plus aucun espoir de les induire à la paix, sinon par vive et forte guerre.

———

CHAPITRE XXXIII.

COMMENT CERTAINS GOUVERNEURS DE PICHROCOLE, PAR CONSEIL PRÉCIPITÉ, LE MIRENT AU DERNIER PÉRIL.

Les fouaces détroussées, comparurent devant Pichrocole le duc de Menuail, comte Spadassin et capitaine Merdaille, qui lui dirent : Sire, aujourd'hui nous allons vous rendre le plus heureux, le plus chevaleureux prince qui jamais fût au monde depuis la mort d'Alexandre de Macédoine.

— Couvrez-vous, couvrez-vous, dit Pichrocole.

— Grand merci, dirent-ils, sire, nous sommes à notre devoir. Voici quels sont nos moyens. Vous laisserez ici quelque capitaine en garnison, avec une petite bande de gens, pour garder la place, laquelle nous semble assez forte, tant par nature que par les remparts faits à votre invention. Puis vous diviserez votre armée en deux, comme vous l'entendez bien.

Une de ces parties ira se précipiter sur ce Grand-gousier et ses gens; et par elle, il sera de premier abord déconfit. Là vous recouvrerez de l'argent à tas, car le vilain en a du comptant. Vilain, disons-nous, parce qu'un noble prince n'a jamais le sou. Thésauriser est le fait d'un vilain.

L'autre partie ce pendant tirera vers l'Aunis, la Saintonge, l'Angoumois et la Gascogne, et aussi vers le Périgord, le Médoc, et les Landes. Ils prendront, sans résistance, les villes, les châteaux et les forteresses. A Bayonne, à Saint-Jean-de-Luce, et à Fontarabie vous saisirez tous les navires, et, côtoyant vers la Galice et le Portugal, vous pillerez tous les lieux maritimes, jusqu'à Lisbonne, où vous trouverez renfort de tout équipage requis à un conquérant. Par le corbleu! l'Espagne se rendra, car ce ne sont que marouffles. Vous passerez par le détroit de Sibylle, et là vous érigerez deux colonnes plus magnifiques que celles d'Hercule, à perpétuelle mémoire de votre nom. Et ce détroit sera nommé la mer Pichrocoline.

Passée la mer Pichrocoline, voici Barberousse qui se rend votre esclave.

— Je le prendrai à merci, dit Pichrocole.

— Voire, dirent-ils, pourvu qu'il se fasse baptiser. Puis vous attaquerez les royaumes de Tunis, Hippone, Alger, Bône, Corone, et pour parler hardiment, toute la Barbarie. Passant outre, vous retiendrez en votre main Majorque, Minorque, la Sardaigne, la Corse et autres îles de la mer Ligustique et Baléare. Côtoyant à gauche, vous dominerez toute la Gaule narbonnaise, la Provence, le pays des Allobroges, Gênes, Florence, Luques, et, s'il plaît à Dieu, Rome. Le pauvre monsieur du pape meurt déjà de peur.

— Par ma foi, dit Pichrocole, je ne lui baiserai point sa pantoufle.

— L'Italie prise, voilà Naples, la Calabre, la Pouille, la Sicile et Malte avec, toutes à sac. Je voudrais bien que les plaisants chevaliers jadis Rhodiens vous résistassent, pour voir de leur urine.

— J'irais volontiers à Lorette, dit Pichrocole.

— Rien, rien, rien, dirent-ils, ce sera au retour.

— Après cela, nous prendrons la Candie, Chypre, Rhodes, et les îles Cyclades, puis donnerons sur la Morée. Nous la tenons, saint Treignan ! Dieu garde Jérusalem ! Car le Soudan n'a pas une puissance comparable à la vôtre.

— Je ferai donc, dit-il, rebâtir le temple de Salomon ?

— Non, dirent-ils encore : attendez un peu. Ne soyez pas si soudain dans vos entreprises. Savez-vous ce que disait Octave-Auguste ? *Festina lente* (hâte-toi lentement). Il vous convient d'abord d'avoir l'Asie mineure, la Carie, la Lycie, la Pamphylie, la Cilicie, la Lydie, la Phrygie, la Mysie, la Bithinie, la Charazie, la Satalie, la Samagérie, Castamena, Luga, Savasta jusque à l'Euphrate.

— Verrons-nous, dit Pichrocole, Babylone et le mont Sinaï?

— Pas n'en est encore besoin, à cette heure, dirent-ils.

N'est-ce pas assez tracassé que d'avoir transfrété la mer Hircanienne, chevauché les deux Arménies et les trois Arabies?

— Par ma foi, dit-il, nous sommes affolés. Ha, pauvres gens !

— Qu'est-ce? dirent-ils.

— Que boirons-nous par ces déserts? Car Julien-Auguste et toute son armée y moururent de soif, comme l'on dit.

— Nous, dirent-ils, avons déjà donné ordre à tout. Sur la mer de Syrie, vous avez neuf mille quatorze grandes nefs, chargées des meilleurs vins du monde. Elles sont arrivées à Jaffa. Là se sont trouvés vingt et deux cent mille chameaux, et seize cents éléphants, lesquels vous avez pris à une chasse aux environs de Sigeilmes, lorsque vous entrâtes en Lybie, et de plus eûtes toute la caravane de la Mecque. Ne vous fournirent-ils point de vin à suffisance?

— Voire, mais, dit-il, nous ne bûmes point frais.

— Par la vertu, dirent-ils, non pas d'un petit poisson, un preux, un conquérent, un prétendant et aspirant à l'empire universel ne peut toujours avoir ses aises. Dieu soit loué que vous soyez arrivés vous et vos gens, saufs et entiers, jusqu'au fleuve du Tigre.

— Mais, dit-il, que fait pendant ce temps la partie de notre armée qui déconfit ce vilain humeux de Grandgousier?

— Oh! ils ne chôment pas, dirent-ils; nous les retrouverons tantôt. Ils ont pris pour vous la Bretagne, la Normandie, les Flandres, le Hainaut, le Brabant, l'Artois, la Hollande, la Zélande; ils ont passé le Rhin sur

7

le ventre des Suisses et des Lansquenets, et nombre
d'entre eux ont dompté le Luxembourg, la Lorraine,
la Champagne, la Savoie jusques à Lyon, où ils ont
retrouvé vos garnisons revenant des conquêtes navales
de la Méditerranée. Puis ils se sont rassemblés en
Bohême, après avoir mis à sac la Souabe, le Wurtem-
berg, la Bavière, l'Autriche, la Moravie et la Styrie.
Puis ils ont donné fièrement ensemble sur Lubeck, la
Norwège, la Suède, Rich, Dace, Gothie, le Groen-
land, les Estralins, jusques à la mer glaciale. Cela fait,
ils ont conquis les îles Orchades, et subjugué l'Écosse,
l'Angleterre et l'Irlande. De là, naviguant par la mer
aux bancs de sable et par la Sarmatie, ils ont vaincu
et dompté la Prusse, la Pologne, la Lithuanie, la
Russie, la Valachie, la Transilvanie, la Hongrie, la
Bulgarie, la Turquie, et sont à Constantinople.

— Allons, dit Pichrocole, nous joindre à eux le plus
tôt possible, car je veux être aussi empereur de Trébi-
zonde. Ne tuerons nous pas tous ces chiens de Turcs et
de mahométans?

— Que diable, dirent-ils, c'est ce que nous ferons;
et vous donnerez leurs biens et terres à ceux qui vous
auront servi honnêtement.

— La raison le veut, dit-il, c'est justice. Je vous
donne la Caramanie, la Syrie et toute la Palestine.

— Ha! dirent-ils, sire, c'est bien de votre part.
Grand merci : Dieu vous fasse toujours prospérer!

Parmi eux se trouvait présent un vieux gentilhomme,
éprouvé en divers hasards, et vrai routier de guerre,
nommé Échephron, lequel, entendant ces propos, dit :
J'ai grand peur que toute cette entreprise ne soit semblable à la farce du pot au lait, duquel un certain cor-

donnier se faisait riche par rêverie; puis, le pot cassé, il n'eut de quoi dîner. Que prétendez-vous par ces belles conquêtes? Quelle sera la fin de tant de travaux et de traverses?

— Ce sera, dit Pichrocole, que lorsque nous serons revenus, nous nous reposerons à l'aise.

— Mais, dit Échephron, si par cas jamais vous ne reveniez? car le voyage est long et périlleux. Ne vaut-il pas mieux que dès maintenant nous nous reposions, sans nous mettre en ces hasards?

— Oh! dit Spadassin, par Dieu! voici un bon rêveux. Allons donc nous cacher au coin de la cheminée; et là, passons avec les dames notre vie et notre temps, à enfiler des perles, ou à filer comme Sardanapale. Qui ne s'aventure, n'a cheval ni mule, comme dit Salomon.

— Qui trop s'aventure, dit Échephron, perd cheval et mule, répondit Malcon.

— Baste! di Pichrocole, passons outre. Je ne crains que ces diables de légions de Grandgousier. Car pendant que nous serons en Mésopotamie, s'ils nous donnaient sur la queue, quel remède?

— Très bon, dit Merdaille, une belle petite commission, que vous enverrez aux Moscovites, vous mettra en camp pour le temps que vous voudrez quatre cent cinquante mille combattants d'élite. Oh! si vous m'y faites votre lieutenant, je renie la chair, la mort et le sang, je tuerais un peigne pour un mercier (1)! Je mords, je rue, je frappe, j'attrape, je tue, je renie!

---

(1) Encore une inversion plaisante : *tuer un peigne pour un mercier*, au lieu de *tuer un mercier pour un peigne*. C'est un des moyens auxquels Rabelais aime le mieux à avoir recours.

— Sus, sus, dit Pichrocole, qu'on dépêche tout, et qui m'aime me suive !

CHAPITRE XXXIV.

COMMENT GARGANTUA LAISSA LA VILLE DE PARIS POUR SECOURIR SON PAYS ; ET COMMENT GYMNASTE RENCONTRA LES ENNEMIS.

En cette même heure, Gargantua, qui était parti de Paris aussitôt les lettres de son père lues, venant sur sa grande jument, avait déjà passé le pont de la Nonnain, à Chinon ; et avec lui Ponocrate, Gymnaste et Eudémon, qui, pour le suivre, avaient pris des chevaux de poste ; le reste de son train venait à petites journées, amenant tous ses livres et instruments philosophiques. Arrivé à Parillé, il fut averti, par le métayer de Gouguet, comment Pichrocole s'était fortifié à la Roche-Clermaud, et avait envoyé le capitaine Tripet, avec grosse armée, assaillir le bois de Vède et Vaugaudry ; et qu'ils avaient couru la poule (maraudé) jusqu'au pressoir Billard ; et que c'était chose étrange et difficile à croire que les excès qu'ils faisaient par le pays : si bien qu'il lui fit peur, et qu'il ne savait plus que dire ni que faire.

Mais Ponocrates fut d'avis qu'ils se transportassent vers le seigneur de la Vauguyon, qui de tout temps avait été leur ami et confédéré, et par qui ils seraient mieux avisés de toutes affaires : ce qu'ils firent incontinent ; et ils le trouvèrent en bonne résolution de leur

porter secours. Il fut résolu qu'on enverrait quelqu'un
de ses gens à la découverte, pour savoir en quel
état étaient les ennemis, afin de tenir ensuite conseil sur ce qu'il y avait à faire à l'heure présente.
Gymnaste s'offrit d'y aller ; mais il fut conclu que,
pour mieux réussir, il emmènerait avec lui quelqu'un
qui connût les voies et détours et les rivières des
environs.

Gymnaste partit donc avec Prelinguand, écuyer de
Vauguyon, et sans donner l'alarme, ils épièrent de tous
côtés. Cependant Gargantua se rafraîchit et reput quelque peu avec ses gens, et fit donner à sa jument un
picotin d'avoine de soixante et quatorze muids et trois
boisseaux.

Gymnaste et son compagnon tant chevauchèrent
qu'ils rencontrèrent les ennemis tous épars et mal en
ordre, pillant et dérobant tout ce qu'ils pouvaient ; et,
d'aussi loin qu'ils l'aperçurent, ils accoururent sur lui
en foule pour le détrousser. Alors il leur cria : Messieurs, je suis un pauvre diable ; je vous supplie d'avoir
de moi merci. J'ai encore quelque écu, nous le boirons :
car c'est *aurum potabile*, et ce cheval-ci sera vendu
pour payer ma bienvenue. Cela fait, retenez-moi des
vôtres, car jamais homme ne sut mieux prendre, lar-
der, rôtir et apprêter, voire, par Dieu ! démembrer et
gobelotter poule que moi qui suis ici ; et, pour mon
proficiat, je bois à tous bons compagnons. Lors il
découvrit son flacon de voyage, et, sans mettre le nez
dedans, se mit à boire assez honnêtement. Les maroufles le regardaient, ouvrant la gueule d'un grand
pied, et tirant les langues comme levriers, dans l'attente
de boire après : mais Tripet, le capitaine, sur ce point

accourut voir ce que c'était. Aussitôt Gymnaste lui
offrit sa bouteille, disant :

— Tenez, capitaine, buvez-en hardiment; j'en ai fait
l'essai : c'est du vin de la Faye-Montjau.

— Quoi! dit Tripet, ce gautier-ci se moque de nous.
Qui es-tu ?

— Je suis, dit Gymnaste, un pauvre diable.

— Va! dit Tripet, puisque tu es pauvre diable, c'est
une raison pour te laisser passer, car tout pauvre diable passe partout sans péage ni gabelle; mais ce n'est
pas la coutume que les pauvres diables soient si bien
montés; c'est pourquoi, monsieur le diable, descendez,
que j'aie le roussin; et si bien il ne me porte, vous,
maître diable, me porterez; car j'aime fort qu'un tel
diable m'emporte....

CHAPITRE XXXV.

COMMENT GYMNASTE ADROITEMENT TUA LE CAPITAINE TRIPET ET AUTRES GENS DE PICHROCOLE.

Ces mots entendus, aucuns d'entre eux commencèrent
à avoir frayeur et à se signer de toutes mains, pensant
que ce fût un diable déguisé; et l'un d'eux, nommé
Bonjan, capitaine des franctopins, tira ses heures de
sa braguette et cria assez haut : Αγιός ὁ Θεὸς, si tu es
de Dieu, parle; si tu es de l'autre, va-t'en. Et il ne s'en
allait pas : ce qu'ayant entendu, plusieurs de la bande
laissèrent là la compagnie, pendant que Gymnaste con-
sidérait et notait bien le tout. Pourtant, il fit semblant

de descendre de cheval, et, quand il fut en suspens du
côté du montoir, il fit souplement le tour de l'étrier,
son épée bâtarde au côté, et, ayant passé par-dessous,
il se lança en l'air, et se tint des deux pieds sur la selle,
le cul tourné vers la tête du cheval, puis dit : Mon cas
va au rebours. Alors, en tel point qu'il était, il fit la
gambade sur un pied, et pirouettant à gauche, ne man-
qua point de retrouver sa propre assiette sans en rien
varier. Ce qui fit dire à Tripet :

— Ha! je ne ferai pas ce tour-là à cette heure, et
pour cause.

— Bren! dit Gymnaste, j'ai failli, je vais défaire ce
saut.

Alors, par grande force et agilité, il fit en pirouettant
à droite la même gambade. Cela fait, il mit le pouce
de la main droite sur l'arçon de la selle et éleva tout le
corps en l'air, se soutenant tout entier sur le muscle et
le nerf dudit pouce, et ainsi se tourna trois fois; à la
quatrième, se renversant tout le corps sans toucher à
rien, il se guinda entre les deux oreilles du cheval,
soutenant tout le corps en l'air, sur le pouce de la main
gauche; et, en cet état, il fit le tour du moulinet; puis,
frappant du plat de la main droite sur le milieu de la
selle, il se donna un tel branle qu'il tomba assis sur la
croupe, comme font les demoiselles.

Cela fait, tout à l'aise il passa la jambe droite par-
dessus la selle et se mit en état de chevaucheur, sur la
croupe.

— Mais, dit-il, mieux vaut que je me mette entre les
arçons.

Et, s'appuyant sur les pouces des deux mains à la
croupe devant soi, il se renversa cul sur tête en l'air,

et se trouva entre les arçons en bon maintien; puis, d'un soubresaut, se leva tout le corps en l'air, et ainsi se tint à pieds joints entre les arçons, et là tournoya plus de cent tours, les bras étendus en croix, et criant à haute voix : J'enrage, diables, j'enrage, j'enrage, tenez-moi, diables, tenez-moi, tenez.

Tandis qu'il voltigeait ainsi, les maroufles, en grand ébahissement, se disaient l'un à l'autre : Par la merdé (1), c'est un lutin ou un diable ainsi déguisé. *Ab hoste maligno libera nos, Domine,* et s'enfuyaient à la route, regardant derrière soi, comme un chien qui emporte un plumeau (2).

Alors Gymnaste, voyant son avantage, descend de cheval, dégaîne son épée et à grands coups se met à charger sur les plus huppés qu'il jetait par terre à grands monceaux, blessés, navrés et meurtris, sans que nul lui résistât, car ils pensaient que ce fût un diable affamé, tant par les merveilleux voltigements qu'il avait faits, que par les propos que lui avait tenus Tripet, en l'appelant pauvre diable. Toutefois, Tripet, en trahison, lui voulut fendre la cervelle avec son épée

(1) La merdé n'a rien de commun avec le mot de Cambronne. C'est simplement une abréviation de *la mère Dé* ou la mère de Dieu. C'est ainsi que Jeanne d'Arc se donnait à elle-même le nom de *fille Dé*, fille de Dieu.

(2) Il y a là un fait d'observation très remarquable dont nous trouvons l'explication dans l'édition de Burgaud des Marets :

« Pour comprendre la comparaison de Rabelais, il faut savoir que le plumeau, anciennement *plumail*, consiste en un aileron d'oie ou de dinde. Au point de section il reste toujours quelques tendons, qui affriandent les chiens. Aussi ne se font-ils pas faute de voler aux ménagères leur plumail; mais comme ils aiment peu à mordre dans la plume, ils saisissent le plumail par les tendons, ce qui les force à porter la tête de côté. »

lansquenette. Mais il était bien armé et de ce coup ne sentit que le poids. Aussi, se tournant soudain, il lança un estoc volant audit Tripet, et, pendant que celui-ci se gardait en haut, lui tailla d'un coup l'estomac, le colon et la moitié du foie. Tripet tomba, et, en tombant, rendit plus de quatre potées de soupes et son âme avec mêlée parmi les soupes.

Cela fait, Gymnaste se retire, considérant que jamais il ne faut poursuivre trop loin un cas de hasard, et qu'il convient à tous chevaliers de respectueusement traiter leur bonne fortune, sans la molester ni géhenner. Et, montant sur son cheval, il lui donne des éperons, tirant droit son chemin vers la Vauguyon, et Prelinguand avec lui.

CHAPITRE XXXVI.

COMMENT GARGANTUA DÉMOLIT LE CHATEAU DE VÈDE ET COMMENT ILS PASSÈRENT LE GUÉ.

Dès qu'il fut arrivé, il raconta l'état dans lequel il avait trouvé les ennemis, et le stratagème qu'il avait fait, lui seul, contre toute leur troupe, affirmant qu'ils n'étaient que marauds, pillards et brigands, ignorants de toute discipline militaire, et que hardiment ils se missent en route, car il leur serait très facile de les assommer comme bêtes.

Gargantua monta donc sur sa grande jument, accompagné comme nous l'avons déjà dit. Et, trouvant sur

7.

son chemin un haut et grand aune (lequel communément on nommait l'arbre de saint Martin, parce que
ainsi avait crû un bourdon que jadis saint Martin avait
planté), il dit : Voici ce qu'il me fallait. Cet arbre me
servira de bourdon et de lance. Et il l'arracha facilement de terre, en ôta les rameaux et le para pour son
plaisir. Cependant sa jument pissa, pour se lâcher le
ventre : mais ce fut en telle abondance qu'elle en fit
sept lieues de déluge ; et le pissat ayant dérivé au gué
du Vède, l'enfla tant dans le fil de l'eau, que toute
cette bande des ennemis furent en grande horreur
noyés, excepté quelques-uns qui avaient pris leur chemin par les côteaux, à gauche.

Gargantua, arrivé au bois de Vède, fut avisé par Eudémon, qu'il y avait encore dans le château quelque
reste des ennemis. Pour s'en assurer, Gargantua s'écria
aussi fort qu'il put : Êtes-vous là, ou n'y êtes-vous pas ?
Si vous y êtes, n'y soyez plus ; si vous n'y êtes, je n'ai
que dire. Mais un ribaud canonnier, qui était au machi-
coulis, lui tira un coup de canon et l'atteignit à la
tempe droite furieusement : toutefois, il ne lui fit pas
plus de mal que s'il lui avait jeté une prune. Qu'est
cela, dit Gargantua, nous jetez-vous ici des grains de
raisin ? La vendange vous coûtera cher ; car il pensait
vraiment que le boulet fût un grain de raisin. Ceux
qui étaient dans le château, où ils s'amusaient à jouer,
en entendant le bruit, coururent aux tours et forteresses, et lui tirèrent plus de neuf mille vingt-cinq
coups de fauconneaux et arquebuses, visant tous à sa
tête, et tirant si dur sur lui, qu'il s'écria : Ponocrates,
mon ami, ces mouches-ci m'aveuglent ; baillez-moi
quelque rameau de ces saules pour les chasser, pensant

que les plombics et pierres d'artillerie fussent des
mouches bovines. Ponocrates l'avisa que ce n'étaient
autres mouches que les coups d'artillerie que l'on tirait
du château. Alors il choqua de son grand sabre contre
le château, et à grands coups abattit et tours et forteresses, et mit tout en ruines : par ce moyen tous ceux
qui y étaient restés furent rompus et mis en pièces.

Partant de là, ils arrivèrent au pont du moulin, et
trouvèrent tout le gué couvert de corps morts, en telle
foule que le cours du moulin en était engorgé : c'étaient
ceux qui avaient péri dans le déluge urinal de la
jument. Là ils durent penser au moyen de passer mal-
gré l'empêchement de ces cadavres. Mais Gymnaste
dit :

— Si les diables y ont passé, j'y passerai bien.

— Les diables, dit Eudémon, y ont passé pour en
emporter les âmes damnées.

— Saint Treignan ! dit Ponocrates, par conséquence nécessaire, il y passera donc.

— Voire, voire, dit Gymnaste, ou je demeurerai en
chemin.

Et, donnant des éperons à son cheval, il passa franchement outre, sans que jamais son cheval eût frayeur
des corps morts, Car il l'avait accoutumé, selon la
doctrine d'Elian, à ne craindre les esprits ni les corps
morts. Non en tuant les gens comme Diomède tuait les
Thraces, ou en mettant, comme Ulysse, les corps de
ses ennemis aux pieds de ses chevaux, ainsi que le
raconte Homère; mais en lui mettant un fantôme dans
son foin, et le faisant ordinairement passer sur lui
quand il lui baillait son avoine. Les trois autres le suivirent sans broncher, excepté Eudémon dont le cheval

enfonça le pied droit jusqu'au genou dans la panse d'un gros et gras vilain qui était resté là noyé sur le dos, et d'où il ne le pouvait tirer hors. Ainsi il demeura là empêtré, jusqu'à ce que Gargantua, du bout de son bâton, enfonça le reste des tripes du vilain dans l'eau, pendant que le cheval levait le pied. Et (chose merveilleuse en hippiatrie), ledit cheval fut guéri d'un surot qu'il avait à ce pied, par l'attouchement des boyaux de ce gros maroufle.

CHAPITRE XXXVII.

COMMENT GARGANTUA EN SE PEIGNANT FAISAIT TOMBER DE SES CHEVEUX LES BOULETS D'ARTILLERIE.

Peu après avoir quitté la rive de Vède, ils arrivèrent au château de Grandgousier, qui les attendait en grande impatience. A sa venue, ils le festoyèrent à tour de bras ; jamais on ne vit gens plus joyeux : car le *supplementum supplementi chronicorum* dit que Gargamelle y mourut de joie : pour mon compte, je n'en sais rien, et bien peu me soucie ni d'elle ni d'autre femme que ce soit. La vérité est que Gargantua, en changeant d'habillement et s'arrangeant les cheveux avec son peigne (qui était grand de cent carmes, tout garni de grandes dents d'éléphants tout entières), faisait tomber à chaque coup plus de sept balles de boulets qui lui étaient demeurés entre les cheveux à la démolition du bois de Vède.

Ce que voyant Grandgousier son père pensait que ce fussent des poux. et lui dit :

— Grand Dieu, mon bon fils, nous as-tu apporté jusqu'ici des éperviers de Montaigu? Je n'entendais point que là tu fisses résidence.

A cela Ponocrates répondit :

— Seigneur, ne pensez pas que je l'aie mis au collège de pouillerie qu'on nomme Montaigu : mieux l'eusse voulu mettre entre les gueux de saint Innocent, pour l'énorme cruauté et villenie que j'y ai connues : car mieux sont traités les forçats parmi les Maures et Tartares, les meurtriers dans la prison criminelle, voire même les chiens en votre maison, que ne sont ces malotrus audit collège. Et, si j'étais roi de Paris, le diable m'emporte si je ne mettais le feu dedans, et faisais brûler principal et régents, qui souffrent que cette inhumanité sous leurs yeux soit exercée.

Lors, levant un de ces boulets, dit :

— Ce sont coups de canon que naguère votre fils Gargantua a reçus, en passant devant le bois de Vède, par la trahison de vos ennemis. Mais ils en ont eu telle récompense qu'ils ont tous péri dans la ruine du château; comme les Philistins par l'engin de Samson, et ceux qu'écrasa la tour de Siloé, desquels il est écrit dans *Luc*, 13. Ceux-là, je suis d'avis que nous les poursuivions, pendant que la chance nous favorise. Car l'occasion a tous ses cheveux au front; quand elle est outre-passée, vous ne pouvez plus la rappeler; elle est chauve par le derrière de la tête, et jamais plus ne revient.

— Vraiment, dit Grandgousier, ce ne sera pas à cette heure, car je veux vous festoyer pour ce soir, et soyez les très bien venus.

Cela dit, on apprêta le souper, et de surcroît furent rôtis scize bœufs, trois génisses, trente-deux veaux, soixante-trois chevreaux de redevance, quatre-vingt-quinze moutons, trois cents gorets de lait à beau moust, onze vingt perdrix, sept cents bécasses, quatre cents chapons de Loudunois et de Cornouailles, six mille poulets et autant de pigeons, six cents gelinottes, quatorze cents levrauts, trois cents et trois outardes, et mille sept cents chapons ; de la quantité de venaison, l'on ne peut si soudain se souvenir, excepté de onze sangliers qu'envoya l'abbé de Turpenay, et dix-huit bêtes fauves que donna le seigneur de Grandmont ; ainsi que de sept vingt faisans qu'envoya le seigneur des Essars, et quelques douzaines de ramiers, d'oiseaux de rivière, de sarcelles, de buors, de courlis, de pluviers, de francolins, de mouettes, de tyransons, de vanneaux, de tadournes, de spatules, de pouacres, et hégronneaux, de foulques, d'aigrettes, de cigognes, de cannes petières, d'oranges, de flammands (qui sont phœnicoptères), de terricoles, de poules d'Inde, avec force couscoussous, et grand renfort de potages. Il y avait sans faute abondance de vivres, qui furent apprêtés honnêtement par Frippesauce, Hochepot et Pileverjus, cuisiniers de Grandgousier. Janot, Micquel et Verrenet apprêtèrent très bien à boire.

CHAPITRE XXXVIII.

COMMENT GARGANTUA MANGEA EN SALADE SIX PÈLERINS.

Il faut que nous racontions ici ce qui arriva à six pèlerins qui revenaient de Saint-Sébastien, près de

Nantes, et qui pour s'héberger cette nuit et échapper aux ennemis, s'étaient cachés dans le jardin entre les tiges des pois et les pieds des choux et des laitues.

Gargantua se sentant quelque peu altéré, demanda si l'on pourrait trouver des laitues pour faire une salade. Et, sur ce qu'on lui dit qu'il y en avait des plus belles et des plus grandes du pays, car elles étaient grandes comme des pruniers ou des noyers, il voulut y aller lui-même et en emporta dans sa main ce que bon lui sembla. En même temps il emporta les six pèlerins, lesquels avaient si grand'peur qu'ils n'osaient ni parler ni tousser.

Les lavant donc d'abord à la fontaine, les pèlerins disaient entre eux à voix basse :

— Qu'y a-t-il à faire?

— Nous allons nous noyer ici entre ces laitues. Parlerons-nous?

— Mais si nous parlons, il nous tuera comme espions.

Et, comme ils délibéraient ainsi, Gargantua les mit avec ses laitues dans un plat grand comme la tonne de Cîteaux (1) ; et, avec huile, vinaigre et sel, les mangeait pour se rafraîchir avant le souper. Il avait déjà avalé cinq des pèlerins, le sixième était dans le plat, caché sous une laitue, excepté son bourdon qui apparaissait au-dessus. Grandgousier l'apercevant, dit à Gargantua :

— Je crois que c'est là une corne de limaçon, ne le mangez point.

— Pourquoi? dit Gargantua, ils sont bons tout ce mois.

_____

(1) Qui passait pour contenir 300 muids.

Et, tirant le bourdon et le pèlerin avec, il le mangeait très bien. Puis il but un terrible trait de vin pineau, en attendant que l'on apprêtât le souper.

Les pèlerins, ainsi dévorés, se tirèrent hors des meules de ses dents le mieux qu'ils purent, et pensaient qu'on les eût mis dans quelque basse fosse de prison. Et lorsque Gargantua but le grand trait, ils faillirent se noyer dans sa bouche, et le torrent du vin les emporta presqu'au gouffre de son estomac. Toutefois, sautant avec leurs bourdons comme font les miquelots (1), ils se mirent en sûreté le long des dents. Mais, par malheur, l'un d'eux, tâtant le pays avec son bourdon, frappa rudement au défaut d'une dent creuse, et atteignit le nerf de la mandibule, ce qui causa une très forte douleur à Gargantua, qui commença à crier de la rage qu'il endurait. Pour se soulager du mal, il demanda son cure-dents, et, sortant vers le noyer grollier (2), il vous dénicha bien messieurs les pèlerins. Car il attrapait l'un par les jambes, l'autre par les épaules, l'autre par la besace, l'autre par la poche, l'autre par l'écharpe ; et le pauvre hère qui l'avait féru du bourdon, il l'accrocha par la braguette. Toutefois ce lui fut un grand bonheur, car il lui perça une bosse chancreuse qui le martyrisait depuis le temps qu'ils avaient passé Ancenys. Ainsi les pèlerins dénichés s'enfuirent à travers le pays à beau trot, et la douleur de Gargantua fut apaisée.

_____

(1) Jeunes garçons qui allaient en pèlerinage au mont Saint-Michel et se servaient de leurs bourdons pour franchir les sables mouvants de la plage.

(2) Le noyer qui produit les plus grosses noix et attire les corneilles (grolles).

Il fut alors appelé par Eudémon pour souper, car tout était prêt.

— Je m'en vais d'abord, dit-il, pisser mon malheur.

Et il pissa si copieusement que l'urine barra le chemin aux pèlerins, qui furent contraints de passer par la grande boyre (1). Passant de là par la lisière du bouquet de bois de la Touche en plein chemin, ils tombèrent tous, excepté Fournillier, dans un piège qu'on avait fait pour prendre les loups à la traînée. Ils ne s'en échappèrent que grâce à l'industrie dudit Fournillier, qui rompit tous les lacs et cordages. De là issus, ils passèrent le reste de cette nuit dans une loge près le Coudray.

Et là, ils furent réconfortés de leur malheur par les bonnes paroles d'un de leur compagnie, nommé Lasdaller, lequel leur remontra que cette aventure avait été prédite par David, *Psalm.... Cum exsurgerent homines in nos; forte vivos deglutissent nos* (2), quand nous fûmes mangés en salade au grain de sel. *Cum irasceretur furor eorum in nos, forsitan aqua absorbuisset nos* (3), quand il but le grand trait. *Torrentem pertransivit anima nostra* (4), quand nous passâmes la grande boyre. *Forsitan pertransisset anima nostra aquam intolerabilem* (5), de son urine dont il nous barra le chemin. *Benedictus Dominus, qui non dedit nos in captionem*

(1) Canal qui conduit l'eau à un moulin.

(2) Quand les hommes se levèrent contre nous, peut-être nous eussent-ils avalés tout vivants.

(3) Quand leur rage fut enflammée contre nous, peut-être l'eau nous eût-elle engloutis.

(4) Notre âme franchit le torrent.

(5) Peut-être notre âme eût-elle franchi cette eau intolérable.

dentibus eorum. Anima nostra, sicut passer, erepta est de laqueo venantium (1), quand nous tombâmes dans le piège. *Laqueus contrictus est* (2), par Fournillier, *et nos liberati sumus. Adjutorium nostrum,* etc., etc. (3).

---

(1) Béni soit le Seigneur qui ne nous a pas livrés à leurs dents ! Notre âme, comme un passereau, a été arrachée du piège des chasseurs.

(2) Le piège a été brisé.

(3) *Quand nous fûmes mangés en salade...*
   Quand il but le grand trait...
   Quand nous passâmes la grande boyre...
   Quand nous tombâmes dans le piège...

Ces paroles que l'auteur met dans la bouche des six pèlerins rappellent la forme du vieux cantique si populaire des pèlerins de Saint-Jacques, dont tous les couplets commencent par le mot quand.

   Quand nous partîmes de France...
   Quand nous fûmes dans la Saintonge...
   Quand nous fûmes au port de Blaye...
   Quand nous fûmes dedans Saint-Jacques...

Il est permis de conjecturer que Rabelais parodie ici le vieux cantique, dont la version primitive devait être bien antérieure au Gargantua.

La note ci-dessus que nous empruntons à l'édition de Burgand des Marets est très intéressante, mais ne vise que le moyen dont Rabelais se sert pour parodier un cantique et en même temps satiriser merveilleusement l'insanité de ceux qui veulent toujours tout expliquer par des textes sacrés, et tout trouver dans ces mêmes textes, même les pèlerins mangés en salade.

(*Note de l'Éditeur.*)

CHAPITRE XXXIX.

COMMENT LE MOINE FUT FESTOYÉ PAR GARGANTUA, ET DES
BEAUX PROPOS QU'IL TINT EN SOUPANT.

Quand Gargantua fut à table et que la première
pointe des morceaux fut goûtée, Grandgousier commença à raconter la source et la cause de la guerre
mue entre lui et Pichrocole ; puis il vint à narrer comment frère Jean des Entommeures avait triomphé à la
défense du clos de l'abbaye, et le loua au-dessus des
prouesses de Camille, Scipion, Pompée, César et Thé-
mistocles.

Gargantua demanda aussitôt que sur l'heure on
l'envoyât quérir, afin qu'avec lui on consultât de ce
qu'il y avait à faire. Son maître d'hôtel l'alla donc
quérir et l'amena joyeusement avec son bâton de la
croix, sur la mule de Grandgousier. Quand il fut venu,
mille caresses, mille embrassements, mille bons jours
lui furent donnés. Hé ! frère Jean, mon ami ; frère Jean,
mon grand cousin ; frère Jean, de par le diable : l'ac-
colade, mon ami ! et à moi l'embrassade. Ça, couillon,
que je t'éreinte à force de t'accoler. Et frère Jean de
rigoler : jamais homme ne fut si courtois ni gracieux.

Ça, ça, dit Garguantua, une escabelle ici auprès de
moi, à ce bout. — Je le veux bien, dit le moine, puisqu'ainsi vous plaît. Page, de l'eau : boute, mon enfant,
boute ; elle me rafraîchira le foie. Baille ici, que je me
gargarise. — *Deposita cappa*, dit Gymnaste, ôtons ce froc.
— Ho, par Dieu, dit le moine, mon gentilhomme, il y a
un chapitre *in statutis ordinis*, auquel ne conviendrait

le cas. — Bren, dit Gymnaste, bren pour votre chapitre. Ce froc vous rompt les épaules, mettez-le bas. — Mon ami, dit le moine, laissez-le moi, car, par Dieu, je n'en bois que mieux. Il me fait le corps tout joyeux. Si je le laisse, messieurs les pages en feront des jarretières, comme il me le fut fait une fois à Coulaines. De plus, je n'aurai aucun appétit. Mais si en cet habit je m'assieds à table, je boirai par Dieu et à toi et à ton cheval. Et de hait (1). Dieu garde de mal la compagnie.

J'avais soupé, mais je n'en mangerai pas moins : car j'ai un estomac pavé, creux comme la botte de saint Benoist, toujours ouvert comme la gibecière d'un avocat. De tous poissons, sauf la tanche, prenez l'aile de la perdrix, ou la cuisse d'une nonnain. N'est-ce falotement mourir, quand on meurt la queue raide? Notre prieur aime fort le blanc de chapon. — En cela, dit Gymnaste, il ne ressemble point aux renards; car, des chapons, poules, poulets qu'ils prennent, jamais ils ne mangent le blanc. — Pourquoi? dit le moine. — Parce que, répondit Gymnaste, il n'ont point de cuisiniers pour les cuire. Et, s'ils ne sont compétentement cuits, ils demeurent rouges et non blancs. La rougeur des viandes est indice qu'elles ne sont pas assez cuites. Exceptez les homards et les écrevisses, que l'on cardinalise à la cuite. — Fête-Dieu Bayard, dit le moine, l'infirmier de notre abbaye n'a donc pas la tête bien cuite, car il a les yeux rouges comme une petite jatte de bois jaune. Cette cuisse de levraut est bonne pour les goutteux.

A propos de truelle, pourquoi est-ce que les cuisses

_____

(1) Cette exclamation équivaut à *Allons-y*.

d'une jeune demoiselle sont toujours fraîches? — Ce problème, dit Gargantua, n'est ni en Aristotes, ni en Alexandre Aphrodisé, ni en Plutarque. — C'est, dit le moine, pour trois causes, par lesquelles un lieu est naturellement rafraîchi. *Primo*, parce que l'eau découle tout du long; *secondo*, parce que c'est un lieu ombrageux, obscur et ténébreux, où jamais le soleil ne luit; et *tertio*, parce que ce lieu est continuellement éventé des vents du trou de bise, de chemise, et d'abondant de la braguette. Et de hait.

Paye, à la humerie. Crac, crac, crac. — Que Dieu est bon, qui nous donne ce bon piot! J'avoue Dieu, si j'eusse été au temps de Jésus-Christ, j'eusse bien empêché les Juifs de le prendre au jardin d'Olivet. Et le diable me faille si j'eusse manqué de couper les jarrets à messieurs les apôtres, qui fuirent si lâchement après qu'ils eurent bien soupé, et laissèrent leur bon maître à la peine. Je hais plus que poison un homme qui fuit quand il faut jouer des couteaux. Ho, que ne suis-je roi de France pour quatre-vingts ou cent ans! Par Dieu, je vous mettrais en chiens courtauds les fuyards de Pavie Leur fièvre quartaine! Pourquoi ne mouraient-ils là plutôt que de laisser leur bon prince en cette nécessité? N'est-il pas meilleur et plus honorable de mourir vertueusement en bataillant, que de vivre vilainement en fuyant?

— Nous ne mangerons guère d'oisons cette année. Ha! mon ami, baille de ce cochon.

— Diable! il n'y a plus de moust. *Germinavit radix Jesse.* — Je renie ma vie, je meurs de soif. Ce vin n'est des pires. — Quel vin buviez-vous à Paris? — Je me donne au diable si je n'y tins plus de six mois, pour

une fois, maison ouverte à tous venants. Connaissez-
vous frère Claude de Saint-Denis? Oh, le bon compagnon
que c'est! Mais quelle mouche l'a piqué? Il ne fait rien
qu'étudier depuis je ne sais quand. — Je n'étudie point
pour ma part. En notre abbaye, nous n'étudions jamais,
de peur des auripeaux (1). Notre feu abbé disait que
c'est chose monstrueuse de voir un moine savant. Par
Dieu, monsieur mon ami, *magis magnus clericos non
sunt magis magnos sapientes.*

Jamais vous ne vîtes tant de lièvres qu'il y en a cette
année. Je n'ai pu recouvrer ni autour, ni tiercelet, de
lieu du monde. Monsieur de la Bellonnière m'avait pro-
mis un lanier, mais il m'écrivit naguère qu'il était
devenu asthmatique. Les perdrix nous mangeront les
oreilles cette année. Je ne prends point de plaisir à
la tonnelle (2); car je m'y morfonds. Si je ne cours, si
je ne tracasse, je ne suis point à mon aise. Vrai
est que, sautant les haies et buissons, mon froc
y laisse du poil. J'ai recouvré un gentil lévrier.
Je me donne au diable si lièvre lui échappe. Un
laquais le menait à monsieur de Maulevrier, je le dé-
troussai. Fis-je mal? — Nenny, frère Jean, dit Gymnaste,
nenny, de par tous les diables, nenny. — Ainsi, dit le
moine, à ces diables, cependant qu'ils durent. Vertus
Dieu, qu'en eût fait ce boiteux? Le corps Dieu, il prend
plus de plaisir quand on lui fait présent d'un bon
couple de bœufs. Comment, dit Ponocrates, vous jurez,
frère Jean? Ce n'est, dit le moine, que pour orner

---

(1) Maux d'oreilles.
2) Filet à prendre les perdrix.

mon langage. Ce sont couleurs de rhétorique cicéro-
nienne (1).

CHAPITRE LX.

POURQUOI LES MOINES SONT REFUIS DU MONDE, ET POURQUOI
LES UNS ONT LE NEZ PLUS GRAND QUE LES AUTRES.

Foi de chrétien, dit Eudémon, j'entre en grande
rêverie, considérant l'honnêteté de ce moine. Car il
nous ébaudit ici tous. Et comment donc est-ce qu'on
rechasse les moines de toutes bonnes compagnies, les
appelant trouble-fêtes, comme abeilles chassent les frêlons d'autour de leurs ruches? *Ignavum fucus pecus*, dit
Maro, *apresepibus arcent*. — A quoi Gargantua répondit:
Il n'y a rien de si vrai que le froc et la cagoule tirent à
soi les opprobes, injures et malédictions du monde,
tout comme le vent, dit Cecias, attire les nues.

La raison péremptoire est parce qu'ils mangent la
merde du monde, c'est-à-dire les péchés, et comme
mâche-merdes, on les rejette en leurs retraits : ce sont
leurs couvents et abbayes, séparés de conversation
politique, comme sont les retraits d'une maison.

Mais si vous comprenez pourquoi un singe en une
famille est toujours moqué et harcelé, vous com-

(1) Cette opinion est sujette à controverse; mais si l'on bannit
les jurons, il faudrait, en bonne logique, bannir toutes les inter-
jections.

(*Note de l'Éditeur.*)

prendrez aussi pourquoi les moines sont de tous refuis, et des vieux et des jeunes. Le singe ne garde point la maison, comme le chien; il ne tire pas la charrue, comme le bœuf; il ne produit ni lait, ni laine, comme la brebis; il ne porte pas le faix, comme le cheval; il ne fait rien que tout conchier et gâter, ce qui est la cause pour laquelle il reçoit de tous moquerie et bastonnades.

Semblablement, un moine (j'entends de ces paresseux de moines) ne laboure, comme le paysan; ne garde le pays, comme l'homme de guerre; ne guérit les malades, comme le médecin; ne prêche ni endoctrine le monde, comme le bon docteur évangélique et pédagogue; ne porte les commodités et choses nécessaires à la république, comme le marchand. C'est la cause pour laquelle ils sont de tous hués et abhorrés. — Voire mais, dit Grandgousier, ils prient Dieu pour nous. — Rien moins, répondit Gargantua. La vérité est qu'ils molestent tout leur voisinage à force de trinqueballer leurs cloches. (Voire, dit le moine, une messe, unes vespres bien sonnées sont à demi dites.) Ils marmottent grand renfort de légendes et psaumes, nullement par eux entendus. Ils comptent force patenostres, entrelardées de longs *Ave Maria*, sans y penser ni rien entendre. Et ce j'appelle moque-Dieu, non oraison. Mais que Dieu leur soit en aide, s'ils prient pour nous, et non par peur de perdre leurs miches et soupes grasses. Tous vrais chrétiens, de tous états, en tous lieux, en tous temps, prient Dieu, et l'esprit prie et interpelle pour eux; et Dieu les prend en grâce.

Maintenant, tel est notre bon frère Jean. Aussi chacun le souhaite en sa compagnie. Il n'est point bigot, il

n'est point maltenu; il est honnête, joyeux, délibéré,
bon compagnon. Il travaille, il laboure, il défend les
opprimés, il réconforte les affligés, il subvient aux souffreteux, il garde le clos de l'abbaye. — Oh! je fais, dit
le moine, bien d'autres choses. Car, tout en dépêchant
les matines et anniversaires au chœur, je fais des
cordes d'arbalète, je polis des matras (1) et garrots (2),
je fais des rêts et des poches à prendre des lapins
Jamais je ne suis oisif.

Mais, or ça, à boire, à boire, ça. Apporte le fruit.
Ce sont châtaignes du bois d'Estrocs, en Poitou, avec
bon vin nouveau. Vous voilà composeurs de pets. Vous
n'êtes encore céans émoustillés. Par Dieu, je bois à tous
gués, comme un cheval de promoteur (3). — Gymnaste
lui dit : Frère Jean, ôtez cette roupie qui vous pend
au nez. — Ha, ha! dit le moine, serais-je en danger de
me noyer, vu que je suis en l'eau jusques au nez. Non,
non, *Quare? Quia.*

> Elle en sort bien, mais point n'y entre;
> Car il est bien antidoté de pampre.

O mon ami, qui aurait bottes d'hiver de tel cuir, hardiment pourrait-il pêcher aux huîtres; car jamais elles
ne prendraient eau. — Pourquoi est-ce, dit Gargantua,
que frère Jean a si beau nez? — Parce que, répondit
Grandgousier, Dieu l'a voulu ainsi, lequel nous fait une
telle forme et telle fin, selon son divin arbitre, que fait

---

(1) Traits de grosse arbalète.

(2) Flèches qu'on lançait avec des balistes.

(3) Le promoteur était une espèce de ministère public ambulant,
dans les juridictions ecclésiastiques.

un potier ses vaisseaux. — Parce que, dit Ponocratés, il fut des premiers à la foire des nez, et prit des plus beaux et des plus grands. — Tout avant, dit le moine, selon vraie philosophie monastique, c'est parce que ma nourice avait les tétins mollets ; en la tétant, mon nez y enfonçait comme dans du beurre, et là il s'élevait et croissait comme la pâte dans la met. Les durs tétins de nourrices font les enfants camus. Mais, gai, gai, *ad formam nasi, cognoscitur ad te levavi* (1). Je ne mange jamais de confitures. Page, à la humerie. Idem, rôties.

CHAPITRE XLI.

COMMENT LE MOINE FIT DORMIR GARGANTUA, ET DE SES HEURES ET BRÉVIAIRE.

Le souper achevé, ils tinrent conseil sur l'affaire pressante, et résolurent que vers minuit ils sortiraient à l'escarmouche, pour savoir quel guet et quelle diligence faisaient leurs ennemis, et qu'en attendant, ils se reposeraient quelque peu, pour être plus frais. Mais Gargantua ne pouvait dormir, en quelque façon qu'il se mît. C'est pourquoi le moine lui dit : Je ne dors jamais à mon aise, sinon quand je suis au sermon, ou que je prie Dieu. Je vous supplie, commençons, vous et moi, les sept psaumes, pour voir si vous ne serez pas

---

(1) A la forme du nez, il se connaît que j'ai été en érection vers toi.

bientôt endormi. L'invention plut très bien à Gargantua, et, commençant le premier psaume, sur le point de *Beati quorum*, ils s'endormirent l'un et l'autre. Mais le moine ne faillit point à s'éveiller avant minuit, tant il était habitué à l'heure des matines claustrales.

Lui éveillé, il éveilla tous les autres, chantant à pleine voix la chanson :

> Ho, Regnaud, réveille-toi,
> Veille, ô Regnaud, réveille-toi.

Quand il furent tous éveillés, il leur dit : Messieurs, l'on dit que matines commencent par tousser, et souper par boire. Faisons au rebours, commençons maintenant nos matines par boire, et ce soir, à l'entrée du souper, nous tousserons à qui mieux mieux. Ce qui fit dire à Gargantua : Boire sitôt après le dormir? ce n'est point vivre en bonne diète médicale. Il se faut d'abord écurer l'estomac des superfluités et excréments. C'est, dit le moine, bien médeciné. Cent diables me sautent au corps s'il n'y a pas plus de vieux ivrognes que de vieux médecins. J'ai fait avec mon appétit un tel pacte que toujours il se couche avec moi, et à cela je donne bon ordre le jour durant; aussi avec moi il se lève. — Rendez tant que vous voudrez vos excréments, dit le moine, je m'en vais à mon tiroir. — Quel tiroir, dit Gargantua, voulez-vous dire? — Mon bréviaire, dit le moine; car, tout ainsi que les fauconniers, avant que repaître leurs oiseaux, leur font tirer quelque pied de poule, pour leur purger le cerveau des phlegmes et pour les mettre en appétit, ainsi, prenant ce joyeux petit bréviaire le matin, je m'écure le poumon, et me voilà prêt à boire.

A quel usage, dit Gargantua, dites-vous ces belles

l.eures? — A l'usage, dit le moine, de Fecan (1), à trois p:aumes et trois leçons, ou rien du tout qui ne veut. Jam'is je ne ne m'assujettis à heure; les heures sont faites pour l'homme, et non l'homme pour les heures. Pourtant je fais des miennes comme on fait des étrivières, je les accourcis ou allonge quand bon me semble.

> Brevis oratio penetrat cœlos,
> Longa potatio evacual scyphos.

Où est écrit cela? — Par ma foi, dit Ponocrates, je ne sais, mon petit couillard; mais tu vaux trop. — En cela, dit le moine, je vous ressemble. Mais, *venite apotemus* (2).

L'on apprêta carbonades à force, et belles soupes de primes, et le moine but à son plaisir. Aucuns lui tinrent compagnie, les autres s'en déportèrent. Après cela, chacun commença à s'armer et accoutrer. Et l'on arma même le moine contre son vouloir, car il ne voulait point d'autre armure que son froc sur son estomac et le bâton de la croix à son poing. Toutefois il fut, à leur gré, armé de pied en cap, et monté sur un bon coursier royal, un gros braquemard au côté. Avec lui étaient Gargantua, Ponocrates, Gymnaste, Eudémon, et vingt-cinq des plus aventureux de la maison de Grandgousier, tous armés de leur mieux, la lance au poing, montés comme saint Georges, et chacun ayant un arquebusier en croupe.

---

(1) Abbaye du pays de Caux.

(2) Rabelais traduit le *venite adoremus*, venez, que nous adorions, par *venite apotemus*, venez, que nous buvions.

CHAPITRE XLII.

COMMENT LE MOINE DONNA COURAGE A SES COMPAGNONS,
ET COMMENT IL SE PENDIT A UN ARBRE.

Ainsi s'en vont les nobles champions à leur aventure, bien délibérés d'apprendre quelle rencontre il
faudra poursuivre, et de quoi il se faudra contre-
garder, quand viendra la journée de la grande et horrible bataille. Et le moine leur donne courage, disant :
Enfants, n'ayez ni peur ni doute, je vous conduirai
sûrement. Dieu et saint Benoît soient avec nous! Si
j'avais la force aussi grande que le courage, par la
mortbleu! je vous les plumerais comme un canard. Je
ne crains que l'artillerie. Toutefois je sais une oraison
que m'a laissée le sous-sacristain de notre abbaye,
laquelle garantit la personne contre toutes bouches à
feu. Mais elle ne me profitera de rien, car je n'y attache
aucune foi. Toutefois mon bâton de croix fera diables.
Par Dieu! qui fera la cane (1) de vous autres, je me
donne au biable si je ne le fais moine à ma place et l'en-
chevêtre de mon froc : il porte médecine à couardise de
gens.

N'avez-vous jamais ouï parler du levrier de M. de
Meurles, qui ne valait rien pour les champs? Il lui mit
un froc au cou : par le corps Dieu! il n'échappait ni
lièvre ni renard devant lui; et, qui plus est, il couvrit

---

(1) Qui *canera*, qui aura peur

8.

toutes les chiennes du pays, lui qui auparavant était éreinté, *et de frigidis et maleficiatis* (1).

Le moine, disant ces paroles en colère, passa sous un noyer, tirant vers la saulaye, et embrocha la visière de son heaume à la rupture d'une grosse branche du noyer. Ce nonobstant, il donna fièrement des éperons à son cheval, lequel était chatouilleux à la pointe, de sorte que le cheval bondit en avant; et le moine, voulant défaire sa visière du croc, lâche la bride, et de la main se pend aux branches, pendant que le cheval se dérobe de dessous lui. Par ce moyen, le moine demeura pendant au noyer, criant à l'aide, au meurtre et trahison.

Eudémon, le premier, l'aperçut, et appela Gargantua : Sire, dit-il, venez voir Absalon pendu. Gargantua venu considéra la contenance du moine, et la forme de sa pendaison, et dit à Eudémon : Vous avez mal rencontré, en le comparant à Absalon. Car Absalon se pendit par les cheveux, mais le moine, ras de tête, s'est pendu par les oreilles. — Aidez-moi, dit le moine, de par le diable. N'est-ce pas bien le moment de jaser? Vous me faites l'effet des prêcheurs décrétalistes, qui disent que quiconque verra son prochain en danger de mort le doit, sous peine de triple excommunication, plutôt admonester de se confesser et mettre en état de grâce que lui aider.

Quand donc je les verrai tombés dans la rivière et près d'être noyés, au lieu de les aller quérir et de leur tendre la main, je leur ferai un beau et long sermon *de*

---

(1) De ceux qui sont impuissants et à qui on a jeté un sort. C'est la rubrique du titre XV, liv. IV des *Décrétales.*

contemptu mundi et fuga seculi (1) : et, lorsqu'ils seront raides morts, je les irai pêcher. — Ne bouge, dit Gymnaste, mon mignon, je te vais quérir, car tu es un gentil petit monachus.

> Monachus in claustro
> Non valet ova duo :
> Sed, quando est extra
> Bene valet trigenta (2).

J'ai vu des pendus au nombre de plus de cinq cents; mais je n'en vis jamais qui ait meilleure grâce en pendillant; et, si je l'avais aussi bonne, je voudrais ainsi pendre toute ma vie. — Aurez-vous, dit le moine, tantôt assez prêché? Aidez-moi, de par Dieu! puisque de par l'autre ne voulez. Par l'habit que je porte, vous vous en repentirez, *tempore et loco prelibatis* (3).

Alors Gymnaste descendit de son cheval, et, montant au noyer, il souleva le moine par les goussets d'une main, et de l'autre défit sa visière du croc de l'arbre, et ainsi le laissa tomber à terre, et soi après. Le moine, une fois descendu, se défit de tout son harnais, et le jeta tout entier, une pièce après l'autre, parmi le champ; et, reprenant son bâton de la croix, remonta sur son cheval, lequel Eudémon avait empêché de s'échapper. Et ainsi ils s'en allèrent joyeusement, suivant le chemin de la saulaye.

---

(1) Sur le mépris du monde et la fuite du temps.

(2) Un moine dans son cloître ne vaut pas deux œufs; mais quand il en est hors, il en vaut bien trente.

(3) En temps et lieu voulus.

CHAPITRE XLIII.

COMMENT L'ESCARMOUCHE DE PICHROCOLE FUT RENCONTRÉE PAR GARGANTUA,
ET COMMENT LE MOINE TUA LE CAPITAINE TIRAVANT, PUIS FUT PRISONNIER ENTRE LES ENNEMIS.

Pichrocole, en apprenant par le rapport de ceux qui avaient échappé à la déroute, lorsque Tripet fut étripé, que les diables avaient couru sus à ses gens, fut transporté d'un grand courroux, et tint conseil toute la nuit. A ce conseil Hâtiveau et Touquedillon conclurent que sa puissance était telle qu'il pourrait défaire tous les diables d'enfer, s'ils y venaient. Pichrocole n'en croyait rien du tout, aussi s'en défiait-il.

Il envoya pourtant en reconnaissance, sous la conduite du comte Tiravant, seize cents chevaliers, tous montés sur des chevaux légers propres à l'escarmouche, tous bien aspergés d'eau bénite, et chacun ayant pour enseigne une étole en écharpe, afin que si, par aventure, ils rencontraient les diables, par vertu tant de cette eau Grégorienne que des étoles, ils les fissent disparaître et évanouir. Ceux-ci coururent jusqu'auprès de la Vauguyon et de la Maladrerie, mais ne trouvèrent personne à qui parler; c'est pourquoi ils repassèrent par le haut, et dans la loge et cabane pastorale, près le Coudray, ils trouvèrent les cinq pèlerins, lesquels, après les avoir liés et bafoués, ils emmenèrent comme espions, nonobstant les exclamatious, adjurations et requêtes qu'ils purent faire. Descendus de là, vers Seuillé, ils furent entendus par Gargantua, qui dit à ses gens : Compagnons, il y a ici rencontre, et l'ennemi est plus de dix fois plus nombreux que nous. Choquerons-nous sur eux ? — Que diable, dit le moine, nous le ferons assurément. Estimez-vous donc les hommes par le nombre et non par leurs vertus et leur courage ? Puis, il s'écria : Choquons, diables, choquons ! Les ennemis entendant cela, pensaient certainement que ce fussent de vrais diables, et ils commencèrent à fuir à bride abattue, excepté Tiravant, lequel coucha sa lance à l'arrêt et en férut à toute outrance le moine au milieu de la poitrine, mais, en rencontrant le froc horrifique, la pointe se recroquevilla, comme si vous frappiez d'une petite bougie contre une enclume. Alors le moine, avec son bâton de croix, lui donna entre le col et le collet sur l'os acromion (1), si rudement qu'il l'étourdit, et lui fit perdre tout sens et mouvement, de sorte qu'il tomba aux pieds de son cheval.

En voyant l'étole qu'il portait en écharpe, il dit à Gargantua : Ceux-ci ne sont que prêtres ; ce qui n'est qu'un commencement de moine. Par saint Jean, je suis moine parfait, je vous en tuerai comme des mouches. Puis il courut après eux au grand galop, si bien qu'il attrapa les derniers et les abattait comme seigle, frappant à tort et à travers. Gymnaste demanda sur l'heure à Gargantua s'ils les devaient poursuivre. A quoi répondit Gargantua : Nullement, car la vraie discipline militaire veut que jamais l'on ne réduise son ennemi au désespoir, parce qu'une telle extrémité multiplie la force, et accroît le courage, qui déjà était abattu et

(1) Apophyse de l'omoplate.

évanoui. Et il n'y a meilleur remède de salut à gens assaillis et battus, que de n'espérer plus aucun salut.

Que de victoires ont été ravies des mains des vainqueurs par les vaincus, quand les premiers ne se sont contentés de raison ; mais ont tenté de tout mettre à mort et de détruire totalement leurs ennemis, sans en vouloir laisser un seul pour en porter les nouvelles ? Ouvrez toujours à vos ennemis toutes les portes et chemins, et plutôt faites-leur un pont d'argent, afin de les renvoyer.

Voire ; mais, dit Gymnaste, ils ont le moine. Ont-ils le moine ? dit Gargantua. Sur mon honneur, ce sera à leur dommage. Mais, afin d'obéir à tous hasards, ne nous retirons pas encore, attendons ici en silence. Car je pense connaître déjà les stratagèmes de nos ennemis : ils se laissent guider par le sort, non par conseil. Pendant qu'ils attendaient ainsi sous les noyers, le moine poursuivait, choquant tous ceux qu'il rencontrait, sans de nuls avoir merci, jusqu'à ce qu'il rencontra un chevalier qui portait en croupe un des pauvres pèlerins. Et là, le voulant mettre à sac, le pèlerin s'écria : Ha ! monsieur le prieur, mon ami, monsieur le prieur, sauvez-moi, je vous en prie. En entendant cette parole, les ennemis se retournèrent, et, voyant qu'il n'y avait là que le moine qui faisait cet esclandre, ils le chargèrent de coups, comme on fait un âne de bois : mais il n'en sentait rien, même quand ils frappaient sur son froc, tant il avait la peau dure. Puis, ils le donnèrent à garder à deux archers, et, tournant bride, ils ne virent personne contre eux ; ce qui leur donna à penser que Gargantua avait fui avec sa bande. Ils coururent donc vers les jeunes noyers tant raidement qu'ils purent, pour les rencontrer, et laissèrent là le moine seul avec deux archers de garde. Gargantua entendit le bruit et hennissement des chevaux, et dit à ses gens : Compagnons, j'entends le pas des chevaux, le trac de nos ennemis, et j'en aperçois qui viennent contre nous en désordre. Serrons-nous ici, et barrons le chemin en bon rang ; par ce moyen, nous les pourrons recevoir à leur perte et à notre honneur.

CHAPITRE XLIV.

COMMENT LE MOINE SE DÉFIT DE SES GARDES, ET COMMENT L'ESCARMOUCHE DE PICHROCOLE FUT DÉFAITE.

Le moine, les voyant ainsi partir en désordre, conjectura qu'ils allaient charger sur Gargantua et ses gens, et se contristait merveilleusement de ce qu'il ne pouvait les secourir. Puis, il remarqua la contenance de ses deux archers de garde, lesquels eussent volontiers couru après la troupe pour y butiner quelque chose, et ne cessaient de regarder dans la vallée où les autres descendaient. Alors il se mit à raisonner, disant : ces gens-ci sont bien mal exercés en faits d'armes ; car ils ne m'ont point demandé ma parole et ne m'ont point ôté mon braquemart.

Soudain après il tira son dit braquemart, et en férut l'archer qui le tenait à droite, lui coupant entièrement les veines jugulaires et artères sphagitides du cou, avec le gargaréon (1) jusqu'aux deux adènes (2); et, retirant le coup lui entr'ouvrit la moelle spinale entre la seconde et tierce vertèbre : là, l'archer tomba raide mort. Et le moine, détournant son cheval à gauche, courut sur l'autre, lequel, voyant son compagnon mort, et le moine ayant l'avantage sur lui, criait à haute voix : Ha! monsieur le priour, je me rends, monsieur le priour, mon bon ami, monsieur le priour. Et le moine criait de même : Monsieur le postériour, mon ami, monsieur le postériour, vous aurez sur vos postères. — Ha! disait l'archer, monsieur le priour, mon mignon, monsieur le priour, que Dieu vous fasse abbé ! — Par l'habit que je porte, disait le moine, je vous ferai cardinal. Rançonnez-vous les gens de religion ? vous aurez un chapeau rouge à cette heure de ma main. Et l'archer criait : Monsieur le priour, monsieur le priour, monsieur l'abbé futur, monsieur le cadinal, monsieur le tout. Ha, ha, hes, non monsieur, le priour, mon bon petit seigneur le priour, je me rends à vous. Et je te rends, dit le moine, à tous les diables. Alors, d'un coup il lui trancha la tête, lui coupant le crâne sur les os petrux (3), et enlevant les deux os bregmatis (4) et la commissure sagitale, avec grande partie de l'os coronal; ce que faisant, il lui trancha les deux méninges et ouvrit profondément les deux ventricules postérieurs du cerveau : de sorte que le crâne demeura

(1) La luette.
(2) Glandes du cou.
(3) Os des tempes, suivant Oudin et Dues.
(4) Le synciput, la partie antérieure de la tête depuis l une des tempes jusqu'à l'autre.

pendant sur les épaules à la peau du péricrâne par
derrière, en forme d'un bonnet doctoral, noir par
dessus, rouge par dedans. Ainsi tomba raide mort en
terre.

Cela fait, le moine donna des éperons à son cheval
et poursuivit la voie que tenaient les ennemis, lesquels
avaient rencontré Gargantua et ses compagnons sur le
grand chemin, et étaient si fort diminués en nombre à
cause de l'énorme massacre qu'en avait fait Gargantua
avec son grand arbre, Gymnaste, Ponocrates, Eudémon
et les autres, qu'ils commençaient à se retirer en diligence, tous effrayés et perturbés de sens et d'entendement, comme s'ils avaient vu la propre forme de la
mort devant leurs yeux. Et comme vous voyez un âne
quand il a au cul un taon junonique, ou une mouche
qui le point, courir çà et là sans voie ni chemin, jetant
sa charge par terre, rompant son frein et ses rênes,
sans aucunement respirer ni prendre repos; et l'on ne
sait ce qui le meut, car on ne voit rien qui le touche;
ainsi fuyaient ces gens dépourvus de sens, sans avoir
cause de fuir; uniquement en proie à une terreur
panique qu'ils avaient conçue en leurs âmes. Le moine,
voyant que toute leur pensée était de gagner au pied,
descend de son cheval et monte sur une grosse roche
qui était sur le chemin, et avec son grand braquemart
il frappait sur ces fuyards à grands tours de bras, sans
se feindre ni épargner. Tant il en tua et mit par terre,
que son braquemart rompit en deux pièces.

Il pensa alors en lui-même que c'était assez massacré
et tué, et que le reste devait échapper pour en porter
les nouvelles. Pourtant il saisit en son poing une hache
de ceux qui là gisaient morts, et se remit derechef sur

la roche, passant son temps à voir les ennemis fuir et
culbuter entre les corps morts, excepté qu'à tous il
faisait laisser leurs piques, épées, lances et arquebuses;
et ceux qui portaient les pèlerins liés, il les mettait à
pied et donnait leurs chevaux auxdits pèlerins, les rete-
nant avec soi sur le bord de la haie, ainsi que Touquedillon qu'il retint prisonnier.

CHAPITRE XLV.

COMMENT LE MOINE AMENA LES PÉLERINS, ET LES BONNES PAROLES QUE LEUR DIT GRANDGOUSIER.

Cette escarmouche parachevée, Gargantua se retira
avec ses gens, excepté le moine, et, sur la pointe du
jour, ils se rendirent auprès de Grandgousier, lequel
en son lit priait Dieu pour leur salut et victoire. Celui-
ci, les voyant tous saufs et entiers, les embrassa de
bon amour, et demanda des nouvelles du moine. Mais
Gargantua lui répondit que sans doute leurs ennemis
avaient le moine. Ils auront donc male encontre, dit
Grandgousier. Ce qui avait été bien vrai. Aussi encore
est le proverbe en usage de donner le moine à quelqu'un.

Il commanda donc qu'on apprêtât très bien à déjeuner pour les rafraîchir, Le tout apprêté, l'on appela
Gargantua; mais il avait tant de peine de ce que le
moine ne paraissait pas, qu'il ne voulait ni boire ni
manger. Tout soudain le moine arrive, et, dès la porte

de la basse-cour, se met à crier : Vin frais, vin frais, Gymnaste, mon ami!

Gymnaste sortit et vit que c'était frère Jean qui amenait cinq pèlerins et Touquedillon prisonnier. Gargantua sortit aussitôt au-devant de lui, et ils lui firent le meilleur accueil qu'ils purent, et le menèrent devant Grandgousier, lequel l'interrogea sur toute son aventure. Le moine lui dit tout; et comment on l'avait pris, et comment il s'était défait des archers, et la boucherie qu'il avait faite par le chemin, et comment il avait recouvré les pèlerins et amené le capitaine Touquedillon.

Ils se mirent alors à banqueter tous ensemble. Cependant Grandgousier demandait aux pèlerins de quel pays ils étaient, d'où ils venaient et où ils allaient. Lasdaller pour tous répondit : Seigneur, je suis de Saint-Genou en Berry, celui-ci est de Paluau; celui-ci d'Ouzay, celui-ci d'Argy, et celui-ci de Villebrenin. Nous venons de Saint-Sébastien près de Nantes, et nous nous en retournons à petites journées. — Voire, mais, dit Grandgousier, qu'alliez-vous faire à Saint-Sébastien? — Nous allions, dit Lasdaller, lui offrir nos vœux contre la peste. — O, dit Grandgousier, pauvres gens, croyez-vous donc que la peste vienne de Saint-Sébastien? — Oui vraiment, répondit Lasdaller; nos prêcheurs nous l'affirment. — Comment, dit Grandgousier, les faux prophètes vous annoncent-ils de tels abus? Blasphèment-ils les justes et saints de Dieu, au point de les faire semblables aux diables, qui ne font que du mal parmi les humains? Comme Homère écrivit que la peste fut mise en l'armée des Grecs par Apollon, et comme les poètes feignent un tas de Véjous et dieux malfaisants. Ainsi prêchait à Synays un cafard, que saint Antoine met

tait le feu aux jambes ; que saint Eutrope faisait les
hydropiques ; saint Gildas, les fous ; et saint Genou, les
goutteux. Mais je le punis en tel exemple, quoiqu'il
m'appelât hérétique, que depuis ce temps cafard quelconque n'a oser entrer sur mes terres. Et je m'ébahis
que votre roi les laisse prêcher de tels scandales dans
son royaume, car ils méritent plus d'être punis que
ceux qui par art magique ou autre stratagème auraient
mis la peste dans le pays. La peste ne tue que le corps,
mais ces prédications diaboliques empoisonnent les
âmes des pauvres et simples gens.

Comme il disait ces paroles, le moine entra tout déli-
bérément, et leur dit : D'où êtes-vous, vous autres
pauvres hères ? De Saint-Genou, dirent-ils. Et comment,
dit le moine, se porte l'abbé Tranchelion, le bon buveur ? Et les moines, quelle chère font-ils ? Le corps
Dieu, ils bicotent vos femmes, pendant que vous êtes
en pélérinage.

— Hin, hen, dit Lasdaller, je n'ai pas peur de la
mienne. Car qui la verra de jour ne se rompra point le
cou pour l'aller visiter la nuit. C'est, dit le moine, bien
rentré de piques. Mais elle pourrait être aussi laide que
Proserpine, elle aura par Dieu la saccade, puisqu'il y
a des moines autour ; car un bon ouvrier met indiffé-
remment toutes pièces en œuvre. Que j'aie la vérole,
si vous ne les trouvez engrossées à votre retour. Car
seulement l'ombre du clocher d'une abbaye est fé-
conde.

C'est, dit Gargantua, comme l'eau du Nil en Égypte,
si vous en croyez Strabon et Pline, liv. VII, ch. III. C'est
à se figurer que c'est tout à la fois de la miche, des
habits et des corps. — Allez-vous en donc, pauvres

gens, dit Grandgousier, au nom de Dieu le créateur, lequel vous ait en sa garde perpétuelle. Et n'entreprenez pas si facilement ces vains et inutiles voyages. Entretenez vos familles, travaillez chacun de votre état, instruisez vos enfants, et vivez comme vous enseigne le bon apôtre saint Paul.

Ce faisant, vous aurez la garde de Dieu, des Anges et des saints avec vous; et il n'y aura peste ni mal qui vous puisse nuire. Gargantua les mena alors prendre leur réfection en la salle; mais les pèlerins ne faisaient que soupirer, et lui dirent :

Oh! qu'heureux est le pays qui a pour seigneur un tel homme! Nous sommes plus édifiés et instruits par ces propos qu'il nous a tenus, que par tous les sermons qui jamais nous furent prêchés dans notre ville. — C'est, dit Gargantua, ce que dit Platon, liv. v, *de Repub.*, que les républiques seront heureuses quand les rois philosopheront, ou que les philosophes règneront.

Puis, il leur fit emplir leurs besaces de vivres, leurs bouteilles de vin, et donna à chacun d'eux un cheval pour se soulager pendant le reste du chemin, et quelques carolus pour vivre.

CHAPITRE XLVI.

COMMENT GRANDGOUSIER TRAITA HUMAINEMENT TOUQUEDILLON PRISONNIER.

Touquedillon fut présenté à Grandgousier, et interrogé par lui sur l'entreprise et affaire de Pichrocole, et sur le but qu'il se proposait par ce tumultuaire vacarme. A quoi il répondit que son propos était de conquérir tout le pays, pour l'injure faite à ses fouaciers. C'est, dit Grandgousier, trop entrepris : qui trop embrasse peu étreint. Le temps n'est plus d'ainsi conquérir les royaumes au dommage de son prochain frère chrétien : cette imitation des anciens Hercules, Alexandres, Hannibals, Scipions, Césars et autres tels, est contraire à la profession de l'Évangile, par lequel il nous est commandé de garder, sauver, régir et administrer chacun ses pays et terres, et non hostilement envahir les autres. Et ce que les Sarrasins et Barbares jadis appelaient prouesses, nous l'appelons maintenant briganderies et méchancetés. Il eût mieux fait de se contenir dans sa maison et de la gouverner royalement que de venir m'insulter dans la mienne en la pillant hostilement. En bien gouvernant la sienne, il l'eût augmentée; pour avoir voulu piller la mienne, il sera détruit.

Allez-vous en au nom de Dieu; suivez quelque bonne entreprise, remontrez à votre roi les erreurs que vous reconnaîtrez, et jamais ne le conseillez, en ayant en vue votre profit particulier; car avec le bien général vous perdrez aussi votre bien propre. Pour ce qui est de votre rançon, je vous la donne entièrement, et je veux que vos armes et votre cheval vous soient rendus : ainsi faut-il faire entre voisins et anciens amis, vu que ce différend entre nous n'est point une guerre à proprement parler.

C'est ainsi que Platon, *liv. 5 de Rep.*, voulait qu'on nommât sédition et non guerre quand les Grecs prenaient les armes les uns contre les autres. Et si, par male fortune, cela arrivait, il voulait qu'on usât de toute modestie.

Si guerre on la nommait, elle n'était que superficielle, elle n'entrait point au fond des cœurs. Car nul, en pareil cas, n'est outragé en son honneur; et il n'est question, en somme, que de réparer quelque faute commise par nos gens, c'est-à-dire par les vôtres ou les nôtres; laquelle, quand même vous en auriez connaissance, vous devriez laisser passer, car les personnages querellants seraient plus dignes de mépris que de souvenir. Vous devriez même donner satisfaction à leur grief comme je m'y suis offert. Dieu sera juste estimateur de notre différent, et j'aimerais mieux qu'il m'enlevât la vie et voir mes biens dépérir devant mes yeux, que s'il était, par moi ou les miens, en rien offensé.

Ces paroles achevées, il appela le moine et devant tous lui dit : Frère Jean, mon bon ami, est-ce vous qui avez pris le capitaine Touquedillon ici présent? — Sire, dit le moine, il est présent, il a âge et discrétion; j'aime mieux que vous le sachiez par sa confession que par ma parole. — Alors Touquedillon dit : Seigneur, c'est lui véritablement qui m'a pris, et je me rends son prisonnier franchement. — L'avez-vous mis à rançon? dit Grandgousier au moine. — Non, dit le moine, de cela je n'ai aucun souci. — Combien, dit Grandgousier, voudriez-vous de sa prise? — Rien, rien, dit le moine, cela ne me concerne pas. — Alors Grandgousier commanda que, en le présence de Touquedillon, on comptât au moine soixante-deux mille saluts (1) pour cettre prise. Ce qui

(1) Monnaie d'or de la valeur de 25 sols, créée par Henri VI, roi d'Angleterre, couronné roi de France à Paris, en 1422. Sur l'un des côtés de la pièce était figurée la sainte Vierge recevant la salutation de l'ange.

fut fait pendant qu'on donnait la collation audit Touquedillon ; auquel Grandgousier demanda s'il voulait
demeurer avec lui, ou s'il aimait mieux retourner à
son roi. Touquedillon répondit qu'il prendrait le parti
qu'il lui conseillerait. Retournez donc à votre roi, dit
Grandgousier, et Dieu soit avec vous !

Puis il lui donna une belle épée de Vienne, à fourreau
d'or, garnie de belles vignettes d'orfèvrerie, et un
collier d'or pesant sept cent deux mille marcs, garni
de fines pierreries, estimé soixante-mille ducats, et dix
mille écus par présent honorable. Après ces propos,
Touquedillon monta à cheval. Gargantua, pour sa
sûreté, lui donna trente hommes d'armes et six vingts
archers sous la conduite de Gymnaste, pour le mener
jusqu'aux portes de la Roche Clermaud, s'il en était
besoin. Celui-ci parti, le moine rendit à Grandgousier
les soixante-deux mille saluts qu'il avait reçus, en lui
disant : Sire, ce n'est pas en ce moment que vous devez
faire de tels dons. Attendez la fin de cette guerre, car
on ne sait pas ce qui peut arriver. Et guerre faite sans
bonne provision d'argent n'a qu'un soupirail de vigueur.
Les nerfs des batailles sont les pécunes. — Donc, dit
Grandgousier, je vous contenterai à la fin, vous et tous
ceux qui m'auront bien servi, par honnête récompense.

CHAPITRE XLVII.

COMMENT GRANDGOUSIER ENVOYA QUÉRIR SES LÉGIONS,
ET COMMENT TOUQUEDILLON TUA HASTIVEAU, PUIS FUT TUÉ
PAR LE COMMANDEMENT DE PICHROCOLE.

A cette même époque, ceux de Bessé, du Marchévieux, du bourg Saint-Jacques, du Traîneau, de Parillé, de Rivière, des Roches-Saint-Pol, du Vaubreton, de Pautillé, du Brchcmont, du Pont-de-Clain, de Cravant, de Grandmont, des Bourdes, de la Villeaumere, de Huymes, de Segré, de Hussé, de Saint-Louant, de Panzoust, des Coudreaux, de Verron, de Coulaines, de Chosé, de Varènes, de Bougueuil, de Lisle Boucard, du Croulay, de Marsay, de Cande, de Montsoreau (1), et autres lieux voisins, envoyèrent des ambassades à Grandgousier, pour lui dire qu'ils savaient les torts que lui faisait Pichrocole; et, pour leur ancienne confédération, ils lui offraient tout leur pouvoir, tant en hommes qu'en argent et autres munitions de guerre. L'argent souscrit par tous montait à six vingt quatorze millions, deux écus et demi d'or.

Les gens montaient à quinze mille hommes d'armes, trente-deux mille chevaux légers, quatre-vingt-neuf mille arquebusiers, cent quarante mille aventuriers, onze mille deux cents canons, doubles canons, basilics et spirales. Pionniers, quarante-sept mille, le tout soudoyé et ravitaillé pour six mois et quarante jours.

(1) Toutes ces localités appartiennent à l'Anjou, à la Touraine, et en majeure partie au Chinonnais.

9.

Laquelle offre Gargantua ne refusa ni accepta entièrement.

Mais, grandement les remerciant, leur dit qu'il composerait son armée de telle façon qu'il n'aurait pas besoin de retenir tant de gens de bien. Seulement il mit en campagne les légions qu'il entretenait ordinairement en ses places de la Devinière, de Chaviny, de Gravot et de Quinquenays, montant au nombre de deux mille cinq cents hommes d'armes, soixante-six mille hommes de pied, vingt-six mille arquebusiers, deux cents grosses pièces d'artillerie, vingt-deux mille pionniers et six mille chevaux légers, tous par bandes, si bien assorties de leurs trésoriers, vivandiers, maréchaux, armuriers et autres gens nécessaires au trac de la bataille, si bien instruits dans l'art militaire, si bien armés, si bien reconnaissant et suivant leurs enseignes, si prompts à entendre et à obéir à leurs capitaines, si expéditifs à la course, si forts à l'attaque, si prudents à l'aventure, qu'ils ressemblaient mieux à une harmonie d'orgues et à un accord d'horloges, qu'à une armée ou gendarmerie.

Touquedillon arrivé se présenta à Pichrocole et lui conta au long ce qu'il avait fait et vu. Et à la fin il lui conseilla fortement de faire un arrangement avec Grandgousier, lequel il avait éprouvé le plus homme de bien du monde, ajoutant qu'il n'était ni profitable ni raisonnable de molester ainsi ses voisins, desquels jamais ils n'avaient eu que du bien ; que d'ailleurs la principale chose à considérer était que jamais ils ne sortiraient de cette entreprise qu'à leur grand dommage et malheur. Car la puissance de Pichrocole n'était pas telle que Grandgousier ne pût aisément en venir à bout. A peine cut-il achevé cette parole, que Hâtiveau dit tout haut : Bien malheureux est le prince qui est servi par de telles gens, aussi faciles à corrompre que l'est Touquedillon : car je vois son courage tant changé, que je suis forcé d'en conclure qu'il se fût volontiers joint à nos ennemis pour nous combattre et nous trahir, s'ils eussent voulu le retenir. Mais, de même que la vertu est de tous, tant amis qu'ennemis, louée et estimée, de même la méchanceté est bientôt connue et suspecte. Et si les ennemis savent s'en servir à leur profit, toujours n'en ont-ils pas moins les méchants et les traîtres en abomination.

Sur ces paroles, Touquedillon impatienté tira son épée, et en transperça Hâtiveau un peu au-dessus de la mamelle gauche, de ce coup celui-ci mourut incontinent, Et, tirant son coup du corps, Touquedillon dit franchement : Ainsi périsse qui osera blâmer les plus fidèles serviteurs. Pichrocole entra soudain en fureur, et voyant l'épée ensanglantée, dit : T'avait-on donné cette arme pour, en ma présence, tuer méchamment mon excellent ami Hâtiveau ?

Il commanda alors à ses archers de mettre Touquedillon en pièces ; ce qui fut fait sur l'heure, si cruellement que la chambre était toute baignée de sang. Puis il fit honorablement inhumer le corps de Hâtiveau, et jeter celui de Touquedillon, par-dessus les murailles, dans la vallée.

Les nouvelles de ces outrages furent sues par toute l'armée, dont plusieurs commencèrent à murmurer contre Pichrocole, si bien que Grippeminauld lui dit : Seigneur, je ne sais quelle issue aura cette entreprise, vos gens me semblent peu affermis dans leurs courages. Ils considèrent que nous sommes ici mal pourvus de

vivres, et déjà fort diminués en nombre par deux ou
trois sorties. De plus, il vient grand renfort de gens à
vos ennemis. Si nous venons à être assiégés, je ne vois
pas comment cela pourrait ne pas être à notre ruine
totale. — Bren, bren, dit Pichrocole, vous êtes comme
les anguilles de Melun, vous criez avant qu'on ne vous
écorche : laissez-les seulement venir.

CHAPITRE XLVIII.

COMMENT GARGANTUA ASSAILLIT PICHROCOLE DANS LA ROCHE CLERMAUD ET DÉFIT L'ARMÉE DUDIT PICHROCOLE.

Gargantua eut le commandement de toute l'armée :
son père demeura en son fort. Et, les encourageant par
de bonnes paroles, promit de grands dons à ceux qui
feraient quelques prouesses.

Ils commencèrent par gagner le gué de Vède, et,
par bateaux et ponts légèrement faits, passèrent outre
d'une traite. Puis, considérant l'assiette de la ville, qui
était en un lieu haut et avantageux, Gargantua déli-
béra cette nuit sur ce qu'il y avait à faire. Mais Gymnaste lui dit : Seigneur, telle est la nature et complexion des Français, qu'ils ne valent qu'à la première
pointe. Alors ils sont pires que diables. Mais, s'ils
séjournent, ils sont moins que femmes. Je suis d'avis
que, sur l'heure, après que vos gens auront quelque peu
respiré et repu, vous fassiez donner l'assaut.

L'avis fut trouvé bon. Gargantua mit donc toute son

armée en campagne, plaçant la réserve du côté de la
montée. Le moine prit avec soi six enseignes de gens de
pied et deux cents hommes d'armes ; et, en grande diligence, traversa les marais, et gagna au-dessus du Puy,
jusqu'au grand chemin de Loudun. Cependant, l'assaut
continuait. Les gens de Pichrocole ne savaient si le
meilleur était de sortir hors pour les recevoir, ou bien
de garder la ville sans bouger. Mais Pichrocole sortit
furieusement avec une bande d'hommes d'armes de sa
maison, et il fut reçu et festoyé à grands coups de canon
qui grêlaient du côté des coteaux, les Gargantuistes se
hâtant de se retirer dans la vallée pour laisser plus
libre feu à leur artillerie. Ceux de la ville tiraient aussi
le mieux qu'ils pouvaient ; mais les traits passaient
outre par dessus sans nul férir.

Quelques-uns de la bande, échappés aux coups de
l'artillerie, donnèrent forcément sur nos gens, mais sans
grand avantage ; car tous furent reçus entre les rangs,
et là rués par terre. Ce que voyant, ils se voulaient
retirer ; mais, cependant, le moine avait occupé le passage, ce qui fut cause qu'ils durent se mettre en fuite
sans ordre ni maintien. Aucuns voulaient leur donner la
chasse, mais le moine les retint, craignant qu'en suivant les fuyards ils perdissent leurs rangs, et qu'alors
ceux de la ville chargeassent sur eux. Puis, ayant attendu
quelque temps, et nul ne se portant à sa rencontre, il
envoya le duc Phrontiste pour donner avis à Gargantua
d'avancer pour gagner le coteau à la gauche et empêcher la retraite de Pichrocole de ce côté-là. Gargantua
s'en occupa en toute diligence, et y envoya quatre
légions de la compagnie de Sébaste ; mais ils ne purent
gagner le haut assez tôt pour ne pas rencontrer Pi-

chrocole et ceux qui s'étaient éparpillés avec lui.

Ils les chargèrent raidement, mais eurent fort à souffrir, en coups de trait et artillerie, de ceux qui étaient sous les murs. Ce que voyant Gargantua, il courut à leur aide à grande force, et commença avec son artillerie à attaquer ce quartier de murailles, de telle façon que toutes les forces de la ville y furent attirées. Le moine, voyant ce côté qu'il tenait assiégé, dénué d'hommes et de gardes, magnanimement tira vers le fort, et tant fit qu'il l'escalada avec quelques-uns de ses gens, pensant que ceux qui surviennent dans un conflit causent plus de crainte et de frayeur que ceux qui combattent à leurs rangs. Toutefois, il s'abstint de donner l'alarme jusqu'à ce que tous les siens eussent gagné la muraille, excepté les deux cents hommes d'armes qu'il laissa hors pour les hasards.

Puis il se mit avec les siens à pousser des cris horribles, et sans résistance ils tuèrent les gardes qui défendaient cette porte et l'ouvrirent aux hommes d'armes ; et, pleins de hardiesse, ils coururent tous ensemble vers la porte de l'orient, où était le désarroi. Et, par derrière, ils renversèrent la force qui était devant eux.

Les assiégés, voyant que de tous côtés les Gargantuistes avaient gagné la ville, se rendirent au moine à merci. Le moine leur fit rendre leurs armes et les fit se retirer et s'enfermer dans les églises, saisissant tous les bâtons des croix, et commettant des gendarmes aux portes pour les empêcher de sortir. Puis, ouvrant cette porte orientale, il sortit au secours de Gargantua. Pichrocole pensait que c'était du secours qui lui venait de la ville, et, par outrecuidance, il se hasarda plus avant qu'il n'avait fait jusque-là : jusqu'à ce que Gargantua

s'écria : Frère Jean, mon ami, Frère Jean, c'est un bonheur que vous soyez venu. Alors, Pichrocole et ses
gens, reconnaissant que tout était désespéré, prirent la
fuite de tous côtés. Gargantua les poursuivit jusque près
de Vaugaudry, tuant et massacrant, puis sonna la
retraite.

CHAPITRE XLIX.

COMMENT PICHROCOLE, DANS SA FUITE, FUT SURPRIS DE
MALES FORTUNES,
ET CE QUE FIT GARGANTUA APRÈS LA BATAILLE.

Pichrocole, désespéré, s'enfuit vers l'île Bouchart,
et, au chemin de la rivière, son cheval broncha et s'abattit, ce qui le mit si fort en colère que de son épée il tua
le cheval, puis, ne trouvant personne qui le remontât,
il voulut prendre un âne du moulin qui était près de là;
mais les meuniers lui tombèrent dessus, le meurtrirent
de coups, le détroussèrent de ses habillements, et lui
donnèrent, pour se couvrir, une méchante souquenille.
Ainsi s'en alla le pauvre cholérique; puis, passant l'eau
au Port Huault, et racontant sa mauvaise fortune, il
fut avisé par une vieille lourpidon (1) que son royaume
lui serait rendu à la venue des coquecigrues. Depuis lors
on ne sait ce qu'il est devenu. Toutefois, l'on m'a dit
qu'il est à présent gagne-denier à Lyon, colère comme
devant. Et toujours il se lamente et s'enquiert auprès

_____

(1) Vieille aux pieds difformes, du latin *lorpes*.

des étrangers de la venue des coquecigrues, espérant
être, à leur venue, selon la prophétie de la vieille, réin-
tégré en son royaume.

Après leur retraite, Gargantua fit d'abord le recense-
ment de ses gens, et trouva que peu d'entre eux avaient
péri dans la bataille ; à savoir : quelques gens de pied
de la bande du capitaine Tolmère, et Ponocrates, qui
avait reçu un coup d'arquebuse. Il les fit rafraîchir chacun avec sa bande et commanda aux trésoriers que ce
repas leur fût défrayé et payé, et que l'on ne fît outrage
quelconque en la ville, parce qu'elle était sienne. Il
commanda aussi que, après leur repas, ils s'assem-
blassent sur la place, devant le château, et que là ils
fussent payés pour six mois ; ce qui fut fait. Puis, il fit
paraître devant lui, sur ladite place, tous ceux qui restaient de l'armée de Pichrocole, auxquels, en la présence de tous ses princes et capitaines, il parla comme
s'ensuit.

CHAPITRE L.

LE DISCOURS QUE GARGANTUA FIT AUX VAINCUS.

Nos pères, aïeux et ancêtres de toute mémoire, ont
eu l'esprit ainsi fait, qu'en l'honneur des batailles par
eux livrées, ils ont, pour signe mémorial de leurs
triomphes et victoires, plus volontiers érigé par la
grâce qu'ils leur ont faite, des trophées et monuments
dans les cœurs des vaincus, que par art architectural,

sur les terres conquises, car ils estimaient que la vive souvenance laissée par la libéralité au cœur des humains, est moins sujette aux calamités de l'air et à l'envie d'un chacun, que les inscriptions muettes des arcs, colonnes et pyramides.

Nous pouvons rappeler, comme preuve, la mansuétude dont ils usèrent envers les Bretons, à la journée de Saint-Aubin-du-Cormier (1) et à la démolition de Parthenay (2). Vous avez entendu et, entendant, admiré le bon traitement qu'ils firent aux barbares de Spagnola, qui avaient pillé, dépeuplé et saccagé les confins maritimes d'Olonne et le Thalmondois. Tout ce pays a retenti des louanges et congratulations que vous-mêmes et vos pères fîtes entendre lorsque Alpharbal, roi de Canarie, que ses succès n'avaient pas satisfait, envahit furieusement le pays d'Onis, exerçant la piraterie dans toutes les îles armoriques et régions voisines. Il fut, en juste bataille navale, vaincu et pris par mon père, que Dieu ait en sa garde et protection. Mais quoi ? Au lieu que les autres rois et empereurs, voire même les catholiques, l'eussent misérablement traité, durement emprisonné et extrêmement rançonné, il le traita courtoisement, amiablement, et le renvoya avec un sauf-conduit, chargé de dons, de grâces et de toutes marques d'amitié.

_____

(1) Cette bataille eut lieu le 28 juillet 1484. Les Bretons étaient commandés par Louis XII, alors duc d'Orléans, qui fut battu et pris par l'armée de Charles VIII.

(2) Les fortifications de Parthenay furent renversées deux ans plus tard par les troupes du même Charles VIII, luttant contre Dunois, qui tenait encore pour le duc de Bretagne et le duc d'Orléans.

Qu'en est-il advenu? C'est que lui, de retour en ses terres, fit assembler tous les états de son royaume, leur exposa l'humanité qu'il avait en nous reconnue, et les pria de délibérer là-dessus, afin que ce qui avait été déjà un exemple de gracieuseté honnête en nous, et en eux d'honnêteté gracieuse, en devînt un aussi pour tout le monde. Il fut donc décrété, par consentement unanime, que l'on offrirait entièrement leurs terres, domaines et royaume pour que nous en fissions selon notre arbitre. Alpharbal, en propre personne, revint donc soudain avec neuf mille trente huit grands navires de charge, apportant non seulement les trésors de sa maison et lignée royale, mais ceux de presque tout le pays. Car, en s'embarquant pour faire voile au vent, chacun, en foule, jetait dedans l'or, l'argent, les bagues, les joyaux, les épiceries, les drogues, les aromates, perroquets, pélicans, guenons, civettes, genettes, porcs-épics. Nul n'était réputé fils de bonne mère qui ne donnât ce qu'il avait de plus précieux.

Une fois arrivé, il voulait baiser les pieds de mondit père : le fait fut estimé indigne et ne fut point toléré par mon père, qui l'embrassa en bon compagnon. Il offrit ses présents, qui ne furent point reçus, comme étant excessifs; il s'offrit lui-même comme esclave et serf volontaire, lui et sa postérité, ce qui ne fut point accepté, comme n'étant pas équitable; il céda, par le décret des États, ses terres et royaume, offrant la transaction et le transport signés, scellés et ratifiés de tous ceux qui devaient le faire. Mais ce fut totalement refusé et les contrats furent jetés au feu. La fin de cela fut que mondit père commença à s'apitoyer et à pleurer copieusement, considérant le bon vouloir et la simplicité des

Canariens, et, par mots exquis et sentences congrues,
diminuait la bonté qu'il avait eue pour eux, disant ne
leur avoir fait bien qui valût un bouton, et que, d'ailleurs, s'il lui avait montré quelque honnêteté, c'était
son devoir de le faire. Mais Alpharbal l'estimait d'autant plus.

Quelle fut l'issue? C'est que, tandis que, pour sa rançon, prise à toute extrémité, nous eussions pu tyranni-
quement exiger vingt fois cent mille écus, et retenir
pour hôtages ses enfants aînés, ils se sont faits tribu-
taires perpétuels, et se sont obligés à nous donner
chaque année deux millions d'or affiné à vingt-quatre
carats. Ils nous furent, la première année, payés ici
même; la seconde année, de leur propre mouvement,
ils en payèrent vingt-trois cent mille écus; la troisième
année, vingt-six cent mille; la quatrième, trois millions;
et ils augmentent tellement la somme de leur bon gré,
que nous serons contraints de leur défendre de rien
plus nous apporter. C'est la nature de la gratuité; car
le temps, qui ronge et diminue toutes choses, aug-
mente et accroît les bienfaits; parce qu'un bon service,
libéralement rendu à un homme raisonnable, croît
continuellement par noble pensée et remembrance. Ne
voulant donc aucunement dégénérer de la bonté héré-
ditaire de mes parents, maintenant je vous fais grâce et
vous rends francs et libres comme auparavant.

De plus, vous serez, à la sortie des portes, payés
chacun pour trois mois, pour pouvoir vous retirer en
vos maisons et vos familles; et vous serez reconduits en
sûreté par six cents hommes d'armes et huit mille
hommes de pied, sous la conduite de mon écuyer
Alexandre, afin que par les paysans vous ne soyez

outragés. Dieu soit avec vous. Je regrette de tout mon cœur que Pichrocole ne soit pas ici. Car je lui eusse expliqué que cette guerre avait été faite contrairement à ma volonté, et sans aucune espérance d'accroître ni mon bien, ni ma renommée. Mais, puisqu'il est égaré et qu'on ne sait ni où ni comment il a disparu, je veux que son royaume demeure entier à son fils, lequel, parce qu'il est trop jeune (il n'a pas encore cinq ans accomplis), sera gouverné et instruit par les anciens princes et gens savants du royaume. Et, parce qu'un royaume ainsi désolé serait facilement ruiné, si l'on ne refrénait la convoitise et l'avarice de ses administrateurs, j'ordonne et veux que Ponocrates soit chargé de la surveillance de tous ses gouverneurs, avec autorité à cela nécessaire, et assidu auprès de l'enfant, jusqu'à ce qu'il le raconnaîtra propre à se diriger lui-même et à régner.

Je considère qu'une trop grande facilité de pardonner aux méchants, leur est occasion de mal faire derechef plus légèrement, à cause de cette gracieuse et pernicieuse confiance.

Je considère que Moïse, l'homme le plus doux qui, de son temps, fût sur la terre, punissait sévèrement les mutins et séditieux au peuple d'Israël. Je considère que Jules César, empereur si débonnaire que Cicéron put dire de lui que sa fortune n'avait rien de plus souverain, sinon qu'il pouvait et voulait toujours pardonner à un chacun, toutefois, ce nonobstant, il punit rigoureusement, en certains endroits, les auteurs de rébellion.

A ces exemples, je veux que vous me livriez, avant mon départ, premièrement, ce beau Marquet, qui a été source et cause première par sa vaine outrecuidance; secondement, ses compagnons fouaciers, qui négligèrent de corriger à l'instant sa tête folle; et, finalement, tous les conseillers, capitaines, officiers et domestiques de Pichrocole, lesquels l'avaient incité, ou lui avaient conseillé de franchir ses frontières, pour ainsi nous inquiéter.

CHAPITRE LI.

COMMENT LES VAINQUEURS GARGANTUISTES FURENT RÉCOMPENSÉS APRÈS LA BATAILLE.

Cette harangue faite par Gargantua, les séditieux par lui requis lui furent livrés, à l'exception de Spadassin, de Merdaille et de Menuail, lesquels s'étaient enfuis six heures avant la bataille : l'un jusqu'au col de Laignel, l'autre jusqu'au val de Vyre et le troisième jusqu'à Logrono, sans regarder derrière eux et sans s'arrêter pour prendre haleine, avec deux fouaciers qui périrent dans le voyage. Gargantua ne leur fit aucun autre mal que de les employer à tirer les presses à son imprimerie, qu'il avait nouvellement instituée. Quant à ceux qui étaient morts, il les fit honorablement inhumer dans la vallée des Noisettes et au camp de Brûlevieille. Les blessés, il les fit panser et traiter dans son grand hôpital; et puis il s'occupa de réparer les dommages faits à la ville et aux habitants, qu'il fit rembourser du montant de leurs pertes déclarées par eux sous serment. Il fit en outre bâtir un fort château, y commettant gens et guet pour se mieux défendre à l'avenir contre les émeutes soudaines.

En partant, il remercia gracieusement tous les soldats de ses légions qui avaient pris part à cette bataille, et les renvoya hiverner dans leurs stations et garnisons, excepté ceux de la légion décumane qu'il avait vu faire quelques prouesses ce jour-là, et les capitaines des bandes qu'il emmena avec lui vers Grandgousier.

En les voyant arriver, le bonhomme fut si joyeux qu'il ne serait pas possible de le décrire. Il leur fit le festin le plus magnifique, le plus abondant, et le plus délicieux qui eût été vu depuis le temps du roi Assuérus. Au sortir de table, il leur distribua toute la garniture de son buffet qui pesait dix-huit cent mille quatorze besans d'or et qui se composait de grands vases antiques, de grands pots, de grands bassins, de grandes tasses, de coupes, de potets, de candélabres, de corbeilles, de nacelles, de jardinières, de drageoirs et d'autre vaisselle d'or massif, sans compter les pierreries, émaux et autres ouvrages dont le travail, de l'avis de tous, surpassait en valeur la matière dont ils étaient faits. De plus, il leur fit compter à chacun, sur l'argent de sa cassette, douze cent mille écus comptant. Il donna en outre à chacun d'eux, à perpétuité (à moins qu'ils ne mourussent sans héritiers), ses châteaux et terres voisines selon le goût de chacun. A Ponocrates il donna la Roche-Clermaud; à Gymnaste, le Couldray; à Eudémon, Montpensier; à Tolère, le Rivau; à Sthylole, Montsoreau; à Acarnas, Cande; à Chirassacte, Varènes; à Sébaste, Grouvot; à Alexandre, Quinquenais; à Sophrone, Ligre; et ainsi de ses autres places.

CHAPITRE LII.

COMMENT GARGANTUA FIT BATIR POUR LE MOINE L'ABBAYE DE THÉLÈME.

Il ne restait plus que le moine à pourvoir et Gargantua voulait le faire abbé de Seuillé; mais il le refusa. Il voulut lui donner l'abbaye de Bourgueil, ou celle de Saint-Florent, si l'une lui convenait mieux que l'autre, ou toutes deux s'il en avait envie. Mais le moine lui répondit préremptoirement, que de moines il ne voulait charge ni gouvernement. Car, comment, disait-il, pourrais-je gouverner autrui, moi qui ne saurais me gouverner moi-même? S'il vous semble que je vous aie fait, et que je puisse à l'avenir vous faire service agréable, octroyez-moi de fonder une abbaye à mon idée. La demande plut à Gargantua, qui lui offrit pour le faire tout son pays de Thélème, près de la rivière de Loire, à deux lieues de la grande forêt du Port Huault. Et il demanda à Gargantua d'instituer sa religion au contraire de toutes autres.

Premièrement donc, dit Gargantua, il n'y faudra point bâtir de murailles au circuit; car toutes autres abbayes sont fièrement murées. — Voici, dit le moine, et non sans cause: où mur il y a, et devant et derrière, il y a force murmure, envie et conspiration mutuelle.

De plus, vu qu'en certains couvents de ce monde il est d'usage que si femme quelconque y entre (j'entends des prudes et des pudiques), on nettoie la place par laquelle elles ont passé, il fut ordonné que si, par hasard, religieux ou religieuse y entrait, on nettoierait

soigneusement tous les lieux par lesquels ils auraient
passé. Et parce que dans les religions de ce monde tout
est compassé, limité et réglé par heures, il fut décrété
qu'à Thélème il n'y aurait aucune horloge ni cadran;
mais que les œuvres seraient toutes ordonnées selon les
occasions et opportunités. Car, disait Gargantua, la
plus vraie perte du temps qu'il sût, était de compter les
heures. Quel bien en vient-il? Et la plus grande rêverie
du monde était de se gouverner au son d'une cloche, et
non au dicté du bon sens et de l'entendement.

De même, parce qu'en ce temps-là on ne mettait de
femmes en religion que celles qui étaient borgnes,
boiteuses, bossues, laides, contrefaites, folles, insen-
sées, maléficiciées et tarées, ni les hommes, à moins
qu'ils ne fussent catarreux, mal nés, niais et à charge
à leur maison. (A propos, dit le moine, une femme qui
n'est ni belle ni bonne, à quoi vaut toile (1)? A mettre
en religion, dit Gargantua. — Voire, dit le moine, et à
faire des chemises), il fut ordonné qu'à Thélème ne
seraient reçues que les belles, bien formées et bien
naturées, et les beaux, bien formés et bien naturés.

De même, parce que les hommes n'entraient aux

----

(1) Toille. avant que sa prononciation eût été fixée, se prononçait
toile et *telle* ou *touelle* et rimait avec les noms en *elle*. — On lit
dans Coquillart :

		S'habiller à la mode nouvelle,
		Porter moitié drap, moitié toille.
Rabelais joue ici sur ces mots :
		A quoi vaut-elle ?
		A quoi vaut toile ?

La réponse du moine, « à faire des chemises, » perd tout son sel,
si l'on ne maintient pas l'ancienne leçon.

couvents des femmes que clandestinement, il fut décrété qu'à Thélème jamais ne seraient les femmes au cas que n'y fussent les hommes, ni les hommes, au cas que n'y fussent les femmes.

De même, parce que, tant hommes que femmes, une fois reçus en religion, après l'an de probation, étaient forcés d'y demeurer perpétuellement leur vie durant, il fut établi que tant hommes que femmes reçus à Thélème en sortiraient quand bon leur semblerait, librement et entièrement.

De même, parce qu'ordinairement les religieux faisaient trois vœux, à savoir : de chasteté, pauvreté et obéissance, il fut constitué qu'à Thélème on pût honorablement être marié, et que chacun fût riche et vécût en liberté. Au regard de l'âge légitime, les femmes y étaient reçues depuis dix jusqu'à quinze ans; les hommes depuis douze jusqu'à dix-huit (1).

CHAPITRE LIII.

COMMENT FUT BATIE ET DOTÉE L'ABBAYE DES THÉLÉMITES.

Pour bâtir et aménager l'abbaye, Gargantua fit livrer comptant vingt-sept cent mille huit cent mille huit cent

---

(1) Tous les doutes sur le genre d'établissement que Rabelais a rêvé en décrivant son abbaye de Thélème tombent nécessairement devant ce fait que l'âge d'admission était pour les femmes de dix à quinze ans et pour les hommes de douze à dix-huit. Thélème était donc, non une abbaye, mais une école laïque, libre et gratuite, une école où étaient réalisées la co-éducation des sexes, et l'éducation intégrale, qui sont le grand souci des libres-penseurs au XIXᵉ siècle.

trente et un moutons à la grand'laine (1), et par année, jusqu'à ce que le tout fût achevé; il assigna sur la recette de la Dive (2), seize cent soixante neuf mille écus au soleil (3), et autant à l'étoile poussinière (4). Pour la fondation et l'entretien de la dite abbaye, il donna à perpétuité vingt-trois cent-soixante-neuf mille cinq cent quatorze nobles à la rose, de rente foncière, francs et quittes, et payables chaque année à la porte de l'abbaye, et pour ce leur passa belles lettres. Le bâti- ment fut de figure hexagone, et à chacun des angles fut bâtie une grosse tour ronde de soixante pas de dia- mètre. Toutes ces tours étaient pareilles de grosseur et de forme. La Loire coulait au septentrion, d'où le nom d'Arctique donné à celle des tours au pied de laquelle coulait la Loire. Celle qui venait ensuite, en tirant vers l'orient, était nommé Calaer (ou du bel air); l'autre en suivant, Anatoline (ou de l'orient); l'autre après, Mésem- brine (ou du sud); l'autre après, Hespérie (ou de l'ouest); la dernière, Crière (ou froide). Entre chaque tour il y avait un espace de trois cent douze pas. Le tout bâti à six étages, en comptant les caves sous terre pour un. Le second étage était voûté en forme d'anse de panier. Le reste était revêtu de plâtre de Flandre travaillé en culs de lampe. Enfin le dessus était cou- vert d'ardoise fine, et le dos du toit était de plomb avec des figures grotesques et des animaux bien assortis et dorés, et des gouttières qui sortaient de la muraille

(1) Monnaie d'or qui eut cours depuis Saint Louis jusqu'à Charles VII.
(2) Dicton analogue à celui-ci sur les brouillards de la Seine.
(3) Monnaie d'or du temps de Louis XI.
(4) Monnaie chimérique de l'invention de Rabelais.

entre les croisées, jointes en figures diagonales d'or et
azur, et descendaient jusqu'à terre où elles aboutissaient
à de grands canaux qui tous conduisaient à la rivière
par dessous le logis.

Ledit bâtiment était cent fois plus magnifique que ne
le sont Bonivet, ni Chambord, ni Chantilly; car il con-
tenait neuf mille trois cent trente-deux appartements,
chacun avec une arrière-chambre, un cabinet, une
garde-robe, une chapelle et une issue sur une grande
salle. Entre chaque tour, au milieu dudit corps de
logis, il y avait un escalier à vis dont les marches étaient,
partie de porphyre, partie de pierre numidique, partie
de marbre serpentin, longues de vingt-deux pieds;
l'épaisseur était de trois doigts, et la rampe de douze
marches entre chaque palier. A chaque palier, il y
avait deux beaux arceaux à l'antique par lesquels était
reçue la clarté, et par eux on entrait dans un cabinet
fait à claire-voie, de la largeur dudit escalier, lequel
montait presque sur le toit où il finissait en pavillon.
Par cet escalier on entrait de chaque côté en une grande
salle et des salles dans les chambres.

De la tour Arctique jusqu'à la tour Crière se trouvaient
les belles grandes bibliothèques en grec, latin, hébreux,
français, toscan et espagnol, réparties dans les divers
étages selon lesdites langues. Au milieu était une merveilleuse vis dont l'entrée s'ouvrait au dehors du logis
par un arceau large de six toises. Cette vis était faite
en telle symétrie et capacité que six hommes d'armes,
la lance sur la cuisse, pouvaient monter ensemble de
front au-dessus de tout le bâtiment. Depuis la tour
Anatoline jusqu'à la tour Mézembrine il y avait de belles
et grandes galeries, toutes décorées de peintures repré-

sentant des histoires et prouesses antiques et les descrip-
tions de la terre (1). Au milieu se trouvait une montée
et une porte pareilles à celles que nous avons dit du
côté de la rivière Sur cette porte était écrit en grosses
lettres antiques, ce qui suit.

CHAPITRE LIV.

INSCRIPTION MISE SUR LA GRANDE PORTE DE THÉLÈME (2).

> Cy n'entrez pas, hypocrites, bigots,
> Vieux matagots, marmiteux, boursouflés,
> Torcouls, badaux, plus que n'étaient les Goths,
> Ni Ostrogoths, précurseurs des Magots :

---

(1) On a essayé de faire le plan du bâtiment décrit ici par
Rabelais, et l'on s'est aperçu qu'il n'était point, dans la réalité, aussi
fantastique qu'on pourrait être disposé à le croire. Les proportions
de ce monument architectural sont extrêmement belles et ses
aménagements sont tout simplement admirables. Nous faisons des
vœux pour que quelque novateur, ami du phalanstère ou autre,
tente cette réalisation.

(2) Sans être complètement de l'avis de ceux qui trouvent que
Rabelais est au-dessous de lui même quand il écrit en vers, nous
sommes bien forcés de reconnaître que ses vers ne valent pas sa
prose. Celle-ci est, au plus haut point, admirable, tandis que ses
vers prêtent au doute et à la critique. Cependant, nous avons
modernisé sa prose, et nous n'oserions pas en faire autant à ses
vers. Cela nous paraît facile à comprendre. Toutefois, ne pouvant
traduire en vers modernes les vers de Rabelais, nous devons les
commenter pour en faciliter l'intelligence.

Les quatre premières strophes sont à l'adresse de ceux à qui il
dit : Cy n'entrez pas ; l s trois dernières, à l'adresse de ceux à qui
il dit : Cy entrez, vous.

Parmi les premiers, nous distinguons d'abord les hypocrites,
les bigots, les marmiteux, les cafards de toute sorte.

Puis viennent les praticiens, clercs, basochiens, mangeurs du
populaire.

Haires, cagots, cafards empantouflés (1),
Gueux mitouflés, frapparts écorniflés,
Baflés (2), enflés, fagotteurs de tabus,
Tirez ailleurs pour vendre vos abus.

Vos abus méchants
Bempliraient mes champs
De méchanceté ;
Et par fausseté
Troubleraient mes chants
Vos abus méchants.

Cy n'entrez pas, mâchefains praticiens (3),
Clercs, basochiens, mangeurs du populaire,
Officiaux, Scribes et Pharisiens,
Juges anciens, qui, les bons paroissiens,
Ainsi que chiens, mettez au capulaire,
Votre salaire est au patibulaire.
Allez-y braire : icy n'est fait excès
Dont en vos cours on dût mouvoir procès

Procès et débats
Peu font cy d'ébats

Vient ensuite la séquelle des usuriers et autres exploiteurs du même genre.

Et enfin les chagrins, les jaloux, les mutins, les espions, et les vérolés pourris d'infection et de déshonneur.

Ceux qu'il invite. au contraire, sont d'abord les nobles chevaliers, ceux, grands et petits, qu'il appelle ses *familiers* et *péculiers*, fringants, gaillards, joyeux, mignons, compagnons gentilz ; puis, les ministres réformateurs de la religion, et enfin les nobles et gentilles dames, auxquels il propose cette œuvre de grand courage : l'accomplissement de la révolution intellectuelle et morale par l'éducation intégrale des deux sexes réunis.

Qu'importe que les vers soient plus ou moins beaux? Il faut voir dans cette œuvre magnifique ce qui y est vraiment : la coéducation des sexes en vue de la rénovation complète de la société humaine, selon les lois de la science et de l'amour.

(1) Traîneurs de sandales ou savates.
(2) Ridiculisés, maniganceurs de querelles.
(3) Gens insatiables.

Où l'on vient s'ébattre.
A vous, pour débattre,
Soient en pleins cabats
Procès et débats.

Cy n'entrez pas, vous, usuriers chichars,
Briffaulx, léchars, qui toujours amassez,
Grippeminaux, avaleurs de frimars,
Courbés, camars, qui en vos coquemars
De mille marcs jà n'auriez assez.
Point dégoûtés n'êtes quand cabassez
Et entassez, poltrons à chiche face
La male mort en ce pas vous déface.

Face non humaine
De tels gens qu'on mène
Raire ailleurs; céans
Me serait séant.
Videz ce domaine
Face non humaine.

Cy n'entrez pas, vous, rassotés mâtins,
Soirs ni matins, vieux chagrins et jaloux,
Ni vous non plus, séditieux mutins,
Larves, lutins, de danger palatins (1)
Grecs ou Latins, plus à craindre que loups;
Ni vous galoux (2), vérolés jusqu'à l'ous (3);
Portez vos loups ailleurs paître en bonheur;
Croûte levés (4), remplis de déshonneur.

Honneur, los (5), déduict,
Céans est déduict
Par joyeux accords.
Tous sont sains au corps.

(1) Palatin de dangier, espion du père et du mari.
(2) Galeux.
(3) Jusqu'à l'ous, jusqu'à l'huis ou porte.
(4) Couverts de croûtes de vérole.
(5) Louange, du latin *laus*.

Par ce, bien leur duict (1)
Honneur, los, déduict.

Cy entrez, vous, et bien soyez venus,
Et parvenus, tous nobles chevaliers.
Cy est le lieu où sont les revenus
Bien advenus : afin qu'entretenus,
Grands et menus, tous soyez à milliers
Mes familiers serez, et péculiers (2) :
Frisques, galliers (3), joyeux, plaisans, mignons ;
En général tous gentilz compagnons.

Compagnons gentilz,
Sereins et subtilz,
Hors de vilité (4),
De civilité
Cy sont les houstilz (5) ;
Compagnons gentilz.

Cy entrez, vous, qui le saint Évangile (6)
En sens agile annoncez, quoi qu'on gronde.

(1) Convient.

(2) Tenus en estime ou affection spéciale : c'est encore le sens du mot anglais *péculiar*, qui est exactement le même que le français péculier.

(3) Gaillards.

(4) Substantif qui répond à l'adjectif *vil*, bas, méprisable.

(5) Les hôtes de civilité, lss gens plus que tous dignes de civilité et capables de civilisation.

(6) De nombreux commentateurs ont inféré de ce passage que Rabelais adoptait les principes de la réformation religieuse : il est bien certain que Rabelais a été, au moins autant que Luther, partisan du libre examen, et il n'est guère douteux que, dans cette strophe, il ne se soit adressé aux réformateurs ; mais il est non moins certain, cela même résulte clairement de ce vers :

Entrez, qu'on fonde ici la foi profonde,

que la foi qu'il voulait fonder était beaucoup plus vaste et universelle que la foi de Luther et de Calvin.

Céans aurez un refuge, et bastille
Contre l'hostile erreur, qui tant postille (1)
Par son faux style empoisonner le monde :
Entrez, qu'on foule ici la foi profonde.
Puis qu'on confonde, et par voix et par rolle (2),
Les ennemis de la sainte parole.

> La parole sainte
> Jà ne soit éteinte
> En ce lieu très saint.
> Chacun en soit ceint;
> Chacun ait enceinte
> La parole sainte.

Cy entrez, vous, dames de haut parage (3),
En franc courage. Entrez-y en bon heur,
Fleurs de beauté, à céleste visage,
A droit corsage, à maintien prude et sage.
En ce passage est le séjour d'honneur.
Le haut seigneur, qui, du lieu, fut donneur
Et guerdonneur, pour vous l'a ordonné,
Et, pour frayer à tout, prou or donné (4).

> Or donné par don
> Ordonne pardon

---

(1) La meilleure traduction de *qui tant postille* nous paraît être *qui tant s'évertue.*

(2) Par voix et par rolle : de vive voix et par écrit.

(3) Après avoir fait appel aux réformateurs religieux, Rabelais fait appel aux dames de l'aristocratie. En fait, il adresse son invitation à tous ceux et à toutes celles qui peuvent devenir capables de le comprendre; mais il ne s'élève pas encore à l'idée que l'éducation dont il trace ici le modèle puisse être donnée à tous par l'État. C'est pour cela qu'il lui faut un haut et puissant seigneur ou une dame de haut parage qui aient le *franc courage* d'être les donneurs et guerdonneurs de ce séjour d'honneur où tout sera ordonné comme il le dit, et où, *pour frayer à tout, prou or* (assez d'or) sera donné.

(4) *Prou* est un adverbe de la langue limousine qui veut dire *assez.*

À cil qui le donne :
Et très bien guerdonne (1)
Tout mortel preud'homme
Or donné par don.

CHAPITRE LV.

COMMENT ÉTAIT LE MANOIR DES THÉLÉMITES.

Au milieu de la basse-cour était une magnifique fontaine de bel albâtre. Au-dessus, les trois Grâces, avec cornes d'abondance, et qui jetaient l'eau par les mamelles, la bouche, les oreilles, les yeux et autres ouvertures du corps. Le dedans du logis entourant cette basse-cour était sur de gros pilliers de chalcédoine et de porphyre, formant de beaux arcs antiques, au-dedans desquels étaient de belles galeries longues et amples, ornées de peintures, de cornes de cerfs, de licornes, de rhinocéros, d'hippopotames, de dents d'éléphants et autres choses curieuses. Le logis des dames comprenait depuis la tour Arctique jusqu'à la porte Mésembrine. Les hommes occupaient le reste. Devant ledit logis des dames, afin qu'elles en eussent l'ébatement, entre les deux premières portes au dehors, étaient les lices, l'hippodrome, le théâtre et les natatoires (2), avec des bains mirifiques à triple plancher, bien garnis de tous assortiments et de foison d'eau de myrte.

Près de la rivière était le beau jardin de plaisance,

(1) Guerdonne, rémunère, fait honneur.
(2) Bassins pour la natation.

et, au milieu de celui-ci, le beau labyrinthe. Entre les deux outres tours étaient les jeux de paume et de grosse balle. Du côté de la tour Crière était le verger, plein de tous arbres fruitiers ordonnés en quinconces. Au bout était le grand parc, foisonnant en toute bête sauvagine. Entre les tierces tours étaient las buttes pour l'arquebuse, l'arc et l'arbalète. Les offices hors la tour Hespérie, à un seul étage. Les écuries au delà des offices. La fauconnerie en avant de celles-ci, et gouvernée par des fauconniers bien experts en leur art. Celle-ci était annuellement fournie par les Candiens, Vénitiens et Sarmates, de toutes sortes d'oiseaux de choix, aigles, gerfaux, autours, sacres, laniers, faucons, éperviers, émerillons et autres; tant bien faits et domestiqués que, partans dn château pour s'ébattre aux champs, ils prenaient tout ce qu'ils rencontraieut. La vénerie était un peu plus loin, tirant vers le parc.

Toutes les salles, chambres et cabinets étaient tapissés de diverses façons, selon les saisons de l'année. Tout le pavé était couvert de drap vert. Les lits étaient de broderie. En chaque arrière-chambre était un miroir de cristal, enchâssé en or fin, garni de perles tout autour, et de telle dimension qu'il pouvait véritablement représenter toute la personne.

A l'issue des salles du logis des dames étaient les coiffeurs et parfumeurs, par les mains desquels passaient les hommes quand ils allaient visiter les dames. Les parfumeurs fournissaient chaque matin les chambres des dames d'eau de rose, d'eau de fleur d'oranger et d'eau de myrte; et à chacune offraient également la précieuse cassolette pour vaporiser toutes sortes de parfums et de drogues aromatiques.

CHAPITRE LVI.

COMMENT ÉTAIENT VÊTUS LES RELIGIEUX ET RELIGIEUSES
DE THÉLÈME (1).

Les dames, au commencement de la fondation, s'ha-
billaient à leur plaisir et arbitre. Depuis, elles réfor-
mèrent elles-mêmes leur manière de vivre de la façon
que s'ensuit : elles portaient chausses d'écarlate, ou de
migraine, et lesdites chausses montaient de trois doigts
au-dessus du genou (2). Et cette lisière était faite de
belles broderies et découpures. Les jarretières étaient
de la couleur des bracelets et prenaient le genou au-
dessus et au-dessous. Les souliers, escarpins et pantoufles de velours cramoisi, rouge ou violet, déchiquetés, à barbe d'écrevisses.

Au-dessus de la chemise elles portaient la belle basquine (3), de quelque beau camelot de soie (4). Par

---

(1) Nous avons déjà fait remarquer que, l'âge de la réception à
Thélème étant de dix à quinze ans pour les filles et de douze à
dix-huit pour les garçons, cette abbaye était véritablement un
lycée pour la co-éducation des deux sexes. Si nous conservons aux
habitants de ce lycée les noms de religieux et de religieuses, ce
n'est donc que pour continuer la satire de Rabelais ; mais il faut
bien comprendre que ces jeunes gens sont tout autre chose au fond
que des religieux et des religieuses. La lecture du LVIIᵉ chapitre
montrera encore mieux combien notre interprétation est vraie.

(2) Ces chausses étaient donc tout bonnement des bas.

(3) (4) Nous estimons, contrairement aux avis divers des anciens
glossaires, que cette basquine était un vêtement léger qu'a rem-
placé le corset, ou ce qu'on appelle aujourd'hui un cache-corset,
et que le camelot de soie était une espèce de surah, de sorte que
nous traduirions *la basquine de quelque beau camelot de soie*
par *un cache corset de surah*.

dessus celle-ci elles vêtaient la vertugale (1) de taffetas blanc, rouge, tanné, gris, etc., et au-dessus, la cotte de taffetas d'argent, brodé d'or fin et à l'aiguille, entortillé, ou (selon que bon leur semblait, d'après la disposition du temps) de satin, de damas, de velours ; orangé, tanné, vert, cendré, bleu, jaune-clair, rouge-cramoisi, blanc, de drap d'or, de toile d'argent, de canetille, de broderie, selon les fêtes. Les robes, selon la saison, étaient de toile d'or à frisure d'argent, de satin rouge, couvert de canetille d'or, de taffetas blanc, bleu, noir, tanné, de serge ou de camelot de soie, de velours, de drap d'argent, de toile d'argent, ou de satin profilé d'or en divers dessins.

En été, elles portaient quelquefois, au lieu de robes, de belles marlottes (2) des parures susdites ou des bernes (3) à la moresque, de velours violet à frisure d'or, sur canetille d'argent, ou à cordelières d'or, garnies de petites perles d'Orient. Et toujours la belle plume de la même couleur que le manchon, bien garnie de paillettes d'or.

En hiver, elles portaient des robes de taffetas des couleurs comme dessus, fourrées de loup-cervier, de genette noire, de martre de Calabre, de zibeline et autres fourrures précieuses. Les patenôtres, anneaux, jazerans, carcans, étaient de fines pierreries, escar-

---

(1) La vertugale, appelée depuis vertugadin, devait être une sorte de corsage à basques ou à tournure. Cette mode paraît avoir été empruntée a l'Espagne.

(2, 3) La marlotte paraît être un mot béarnais désignant une cape ou un mantelet d'été, et la berne un mantelet à capuchon, pour préserver le visage du hâle.

boucles, rubis balais, diamants, saphirs, émeraudes, turquoises, grenats, agates, perles, etc. L'accoutrement de la tête était selon le temps. En hiver, à la française ; au printemps, à l'espagnole ; en été, à la toscane. Excepté les fêtes et dimanches, où elles se coiffaient à la française, parce que cela est plus honorable et sent mieux la pudicité nationale.

Les hommes étaient habillés à leur mode : chausses pour les bas, d'étamine ou de serge drapée d'écarlate, de migraine, blanc ou noir. Les hauts de chausses, de velours des mêmes couleurs ou bien assorties, brodés et déchiquetés selon leur goût. Le pourpoint, de drap d'or, d'argent, de velours, satin, damas, taffetas, de mêmes couleurs, déchiquetés, brodés et accoutrés à l'avenant. Les aiguillettes, de soie de mêmes couleurs ; des ferrets, d'or bien émaillés. Les sayes et chamarrures de drap d'or, toile d'or, drap d'argent, velours profilé à plaisir. Les robes aussi précieuses que celles des dames. Les ceintures, de soie, des couleurs du pourpoint : chacun la belle épée au côté, avec poignée dorée, fourreau de velours de la couleur des chausses, et bouts d'or et d'orfèvrerie. Le poignard de même. Le bonnet, de velours noir, garni de force bagues et boutons d'or. La plume blanche par dessus, mignonnement garnie de paillettes d'or, au bout desquelles pendaient de beaux rubis, émeraudes, etc.

Mais il régnait une telle sympathie entre les hommes et les femmes, que, chaque jour, ils étaient vêtus de semblable parure. Et, pour n'y point faillir, certains gentilshommes avaient l'ordre de dire aux hommes, chaque matin, quelle livrée les dames voulaient porter ce jour-là : car tout se faisait selon l'arbitre des dames.

11

Au soin de ces vêtements si propres, et de ces accoutrements si riches, ne pensez pas que ni eux ni elles
perdissent temps aucun : car les maîtres des garde-
robes avaient toute la vêture prête chaque matin, et les
femmes de chambre si bien étaient apprises, qu'en un
moment les dames étaient prêtes et habillées de pied
en cap.

Et, pour avoir ces accoutrements toujours à leur
disposition, il y avait autour du bois de Thélème un
grand corps de maison long de demi-lieue, bien clair
et assorti, où demeuraient les orfèvres, lapidaires, bro-
deurs, tailleurs, tireurs d'or, veloutiers, tapissiers et
hautelissiers; et là ils œuvraient chacun de son métier;
et le tout pour les susdits religieux et religieuses. Du
reste, ceux-ci étaient fournis de matières et étoffes par
les soins du seigneur Nausiclète (1), lequel, tous les
ans, leur rendait sept navires des îles de Perlas et Can-
nibales, chargés de lingots d'or, de soie écrue, de
perles et de pierreries. Si quelques unions (2) tendaient
à vétusté et changeaient de naïve blancheur, ils les
renouvelaient par leur art, en les donnant à manger à
quelques beaux coqs, comme on baille curée aux faucons.

CHAPITRE LVII.

COMMENT ÉTAIENT RÉGLÉS LES THÉLÉMITES EN LEUR MANIÈRE DE VIVRE.

Toute leur vie était ordonnée, non par lois, statuts

(1) Célèbre par ses vaisseaux.
(2) Sorte de perles.

ou règles, mais selon leur vouloir et franc arbitre. Ils se levaient du lit quand bon leur semblait, buvaient, mangeaient, travaillaient, dormaient quand le désir leur en venait. Nul ne les éveillait; nul ne les parforçait ni à boire, ni à manger, ni à faire autre chose quelconque. Ainsi l'avait établi Gargantua. En leur règle n'était que cette clause :

FAIS CE QUE VOUDRAS.

Parce que gens libres, bien nés, bien instruits, conversants en compagnies honnêtes, ont par nature un instinct et aiguillon qui toujours les pousse à actes vertueux et les retire du vice : lequel ils nomment honneur. Et ces mêmes gens, quand, par vile sujétion et contrainte, ils sont déprimés et asservis, détournent la noble affection par laquelle à vertu franchement tendaient, pour déposer et enfreindre ce joug de servitude. Car nous entreprenons toujours choses défendues, et convoitons ce qui nous est dénié.

Par cette liberté, ils entrèrent tous en louable émulation de faire tous ce qu'ils voyaient plaire à un seul. Si quelqu'un ou quelqu'une disait buvons, tous buvaient. S'il disait jouons, tous jouaient. S'il disait allons à l'ébat aux champs, tous y allaient. Si c'était pour voler ou chasser, les dames, montées sur de belles haquenées, avec leur palefroi de parade, sur le poing mignonnement engantelé portaient chacune ou un épervier, ou un laneret, ou un émerillon : les hommes portaient les autres oiseaux.

Si noblement ils étaient instruits qu'il n'était entre eux celui ni celle qui ne sût lire, écrire, chanter, jouer d'instruments harmonieux, parler cinq à six langues, et en chacune d'elles composer tant en vers qu'en prose. Jamais ne furent vus chevaliers si preux, si galants, si adroits à pied et à cheval, plus vigoureux, plus agiles, mieux maniant toutes armes, que là étaient.

Jamais ne furent vues dames si propres, si mignonnes, moins fâcheuses, plus doctes à la main, à l'aiguille, à tout acte féminin honnête et libre, que là étaient.

C'est pourquoi, quand le temps était venu, qu'aucun, à la requête de ses parents, ou pour toute autre cause, voulût sortir de cette abbaye, avec soi il emmenait une des dames, celle qui l'avait pris pour son dévot, et ils étaient ensemble mariés. Et, s'ils avaient bien vécu à Thélème en dévotion et amitié, encore mieux continuaient-ils de vivre ainsi en mariage, et autant s'entre-aimaient-ils à la fin de leurs jours, comme le premier de leurs noces (1).

Je ne veux oublier de vous décrire une énigme qui fut trouvée aux fondements de l'abbaye, sur une grande lame de bronze. Telle elle était comme s'ensuit :

---

(1) Voici où il faut prendre la vraie morale de Rabelais. Nous n'inventons pas cette page ravissante pour pouvoir dire : Notre auteur, notre ami est un aussi admirable moraliste qu'un puissant penseur. Cela est écrit, écrit par Rabelais, dans une langue que nous avons à peine besoin de retoucher et qui sera éternellement belle. N'y eût-il que cette page dans Rabelais, nous pourrions dire : Elle vaut, à elle seule, toute la peine que nous avons pu prendre pour rééditer ce livre.

CHAPITRE LVIII.

ÉNIGME TROUVÉE AUX FONDEMENTS DE L'ABBAYE DES THÉLÉMITES (1).

Pauvres humains, qui bonheur attendez,
Levez vos cœurs, et mes dits entendez.
S'il est permis de croire fermement
Que, par les corps qui sont au firmament,
Humain esprit de soi puisse advenir
A prononcer les choses à venir ;
Ou, si l'on peut, par divine puissance,
Du sort futur avoir la connaissance,
Tant que l'on juge, en assuré discours,
Des ans lointains la destinée et cours,
Je fais savoir à qui le veut entendre
Que, cet hiver prochain, sans plus attendre,
Voire plus tôt, en ce lieu où nous sommes,
Il sortira une manière d'hommes
Las de repos, et fâchés de séjour (2),
Qui franchement iront, et de plein jour
Suborner gens de toutes qualités
A différents et partialités.
Et qui voudra les croire et écouter
(Quoi qu'il en doive advenir et coûter),
Ils feront mettre en débats apparents
Amis entre eux et les proches parents,
Le fils hardi ne craindra l'impropère (3)
De se bander contre son propre père.

(1) Nous continuons à ne rien changer aux vers de Rabelais.

(2) Ces gens *las de repos et fâchés de séjour*, c'est-à-dire ennuyés de croupir dans le vieil état de choses, sont évidemment les révolutionnaires dont Rabelais prédit la venue.

(3) L'impropère, la honte, le blâme.

Mêmes (1) les grands, de noble lieu saillis,
De leurs sujets se verront assaillis;
Et le devoir d'honneur et révérence
Perdra pour lors tout ordre et différence.
Car ils diront que chacun en son tour
Doit aller haut, et puis faire retour.
Et sur ce point aura (2) tant de mêlées,
Tant de discordes, venues et allées,
Que nulle histoire, où sont les grands merveilles,
Ne fait récit d'émotions pareilles.
Lors se verra maint homme de valeur,
Par l'aiguillon de jeunesse et chaleur,
Et croire trop ce fervent appétit,
Mourir en fleur et vivre bien petit.
Et ne pourra nul laisser cet ouvrage,
Si une fois il y met le courage,
Qu'il n'ait empli, par noises et débats,
Le ciel de bruit, et la terre de pas.
Alors auront non moindre autorité
Hommes sans foi, que gens de vérité :
Car tous suivront la créance et étude
De l'ignorante et sotte multitude;
Dont le plus lourd sera reçu pour juge.
O dommageable et pénible déluge !
Déluge (dis-je), et à bonne raison;
Car ce travail ne perdra sa saison,
Ni n'en sera délivrée la terre,
Jusques à tant qu'il ne sorte à grand erre
Soudaines eaux : dont les plus attrempés
En combattant seront pris et trempés,
Et à bon droit : car leur cœur, adonné
A ce combat, n'aura point pardonné,
Même aux troupeaux des innocentes bêtes,
Que de leurs nerfs et boyaux déshonnétes

---

(1) Mêmes les grands. Ce *mêmes* au pluriel nous montre que
l'idée est les grands eux-mêmes, etc.

(2) *Aura* est ici pour *il y aura*.

Il ne soit fait, non aux dieux sacrifice,
Mais aux mortels ordinaire service.
Or, maintenant, je vous laisse penser
Comment le tout se pourra dispenser,
Et quel repos, en noise si profonde,
Aura le corps de la machine ronde.
Les plus heureux, qui plus d'elle tiendront,
Moins de la perdre et gâter s'abstiendront,
Et tâcheront en plus d'une manière,
A l'asservir et rendre prisonnière,
En tel endroit que la pauvre défaite
N'aura recours qu'à celui qui l'a faite.
Et, pour le pis de son triste accident,
Le clair soleil, ains qu'être en Occident
Lairra (1) épandre obscurité sur elle
Plus que d'éclipse ou de nuit naturelle.
Dont en un coup perdra sa liberté,
Et, du haut ciel, la faveur et clarté,
Ou, pour le moins, demeurera déserte.
Mais elle, avant cette ruine et perte,
Aura longtemps montré sensiblement
Un violent et si grand tremblement,
Que lors Ethna ne fut tant agitée,
Quand sur un fils de Titan fut jetée :
Ni plus soudain ne doit être estimé
Le mouvement que fit Inarimé,
Quand Tiphœus si fort se dépita,
Que dans la mer les monts précipita.
Ainsi sera en peu d'heures rangée,
A triste état, et si souvent changée,
Que mêmes ceux qui tenue l'auront,
Aux survenants occuper la lairront (2).
Lors sera près le temps bon et propice
De mettre fin á ce long exercice.
Car les grands eaux dont oyez deviser

(1) Vieille forme de *laissera*.
(2) Vieille forme de *laisseront*.

Feront chacun la retraite aviser :
Et toutefois, devant le partement (1)
On pourra voir en l'air apertement
L'âpre chaleur d'une grand fiamme éprise,
Pour mettre à fin les eaux et l'entreprise
Reste, en après ces accidents parfaits (2),
Que les élus joyeusement refaits
Soient de tous biens, et de manne céleste ;
Et d'abondant, par récompense honnête,
Enrichis soient. Les autres en la fin
Soient dénués. C'est la raison, afin
Que, ce travail en tel point terminé,
Un chacun ait son sort prédestiné.
Tel fut l'accord. O ! qu'est à révérer
Cil qui enfin pourra persévérer !

La lecture de ce monument parachevée, Gargantua soupira profondément, et dit aux assistants : « Ce n'est de maintenant que les gens réduits à la croyance évangélique sont persécutés. Mais bien heureux est celui qui ne sera scandalisé, et qui toujours tendra au but et au blanc que Dieu, par son cher fils, nous a préfixé, sans par ses afflictions charnelles être distrait ni détourné. »

Le moine dit : « Que pensez-vous, en votre entendement, être désigné et signifié par cette énigme ? — Quoi ? dit Gargantua, le décours et maintien de vérité divine. — Par saint Goderan, dit le moine, telle n'est mon exposition : le style est de Merlin le prophète ; donnez-y allégories et intelligences aussi graves que vous voudrez, et y rêvassez, vous et tout le monde, tant et plus ; pour ma part, je n'y trouve

(1) Avant le départ.
(2) Parachevés, accomplis.

d'autre signification que la description du jeu de paume sous paroles obscures. Les suborneurs des gens sont les faiseurs de paroles, qui sont ordinaire-ment amis. Et, après les deux chasses faites, celui qui était au jeu en sort, et l'autre y entre. On croit le premier qui dit si l'esteuf est sur ou sous la corde. Les eaux sont les sueurs. Les cordes des raquettes sont faites de boyaux de moutons ou de chèvres. La machine ronde est la pelotte ou l'esteuf. Après le jeu on se rafraîchit devant un clair feu, l'on change de chemise. Et volontiers on banquette, mais plus joyeusement ceux qui ont gagné. Et grand chère (1).

---

(1) Selon son habitude, Rabelais, après avoir écrit la prédiction la plus menaçante et la plus audacieuse des temps révolutionnaires, qu'il croyait sans doute plus proches qu'ils n'étaient, cherche à dissimuler sa hardiesse téméraire sous ce qu'il appelle une description du jeu de paume. Cette finesse a pu prendre du temps de Rabelais, car, bien petit, évidemment, était le nombre de ceux qui pouvaient voir de si loin ce que l'avenir tenait en réserve pour les hommes de notre siècle et du précédent. Mais pour nous qui avons vu s'accomplir une partie de ces prophéties, et qui retrouvons dans certains passages de ce chapitre les paroles mêmes des réactionnaires de notre temps contre *la créance et étude de l'ignorante et sotte multitude, dont le plus lourd sera reçu pour juge;* c'est-à-dire contre le suffrage universel, la tyrannie du nombre, l'élection des magistrats, etc., etc., nous ne pouvons nous tromper sur le sens de cette prophétie.

Que Rabelais lui-même n'ait vu qu'avec terreur ces événements qu'il prévoyait de si loin, cela se comprend assez. Rabelais, évidemment, n'était pas encore républicain. Il demandait à un bon géant, un bon roi, les réformes et tous les progrès sociaux que nous attendons de la République; mais quelle intelligence presque surhumaine, quelle puissance de divination presque divine il faut avoir eu, pour préciser comme il l'a fait, jusque dans ses moindres détails, la première des réformes nécessaires : celle de l'éducation. Si la politique admirable de Rabelais eût été comprise, la Révolution se serait faite par en haut, et lorsque le suffrage universel serait venu, il aurait trouvé, pour le mettre en pratique, le peuple français émancipé intellectuellement et moralement par l'instruction universelle. Le suffrage universel n'eût pas précédé l'instruction universelle et n'eût pas ainsi rempli le rôle de la charrue mise avant les bœufs. Mais, grâce à l'esprit clérico-monarchique des gens qui ont jusqu'ici presque exclusivement gouverné la France, ce n'est pas ainsi que le progrès s'accomplit chez nous. Nous ne savons pas exactement si la marche du progrès dans notre pays peut se représenter par l'image d'un jeu de paume; mais nous voudrions qu'elle ne donnât pas lieu à d'images plus terribles, ce qui malheureusement n'est point le cas.

A. T.

TABLE DES MATIÈRES

Paris. — Charles UNSINGER, imprimeur, 83, rue du Bac.

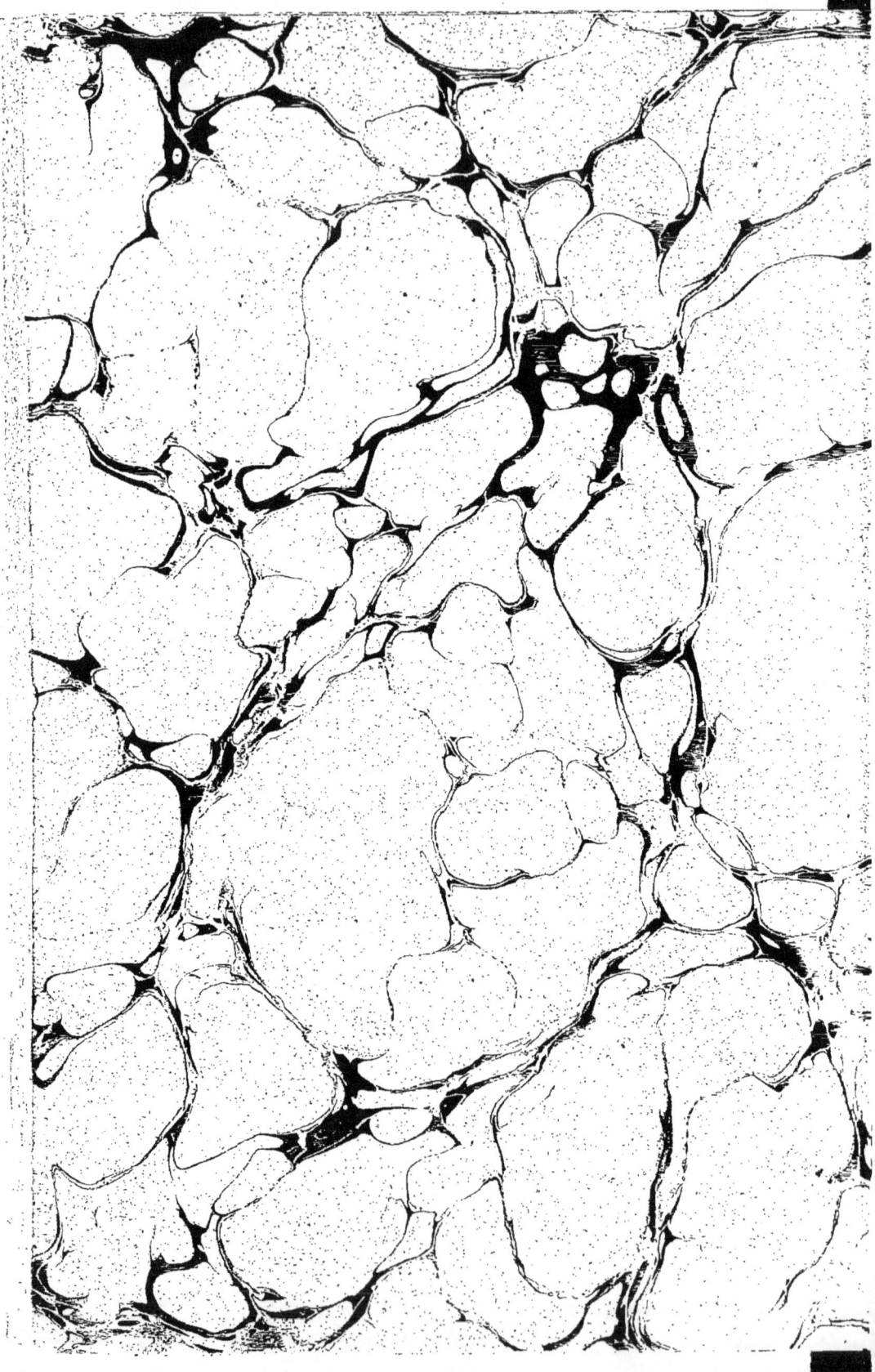

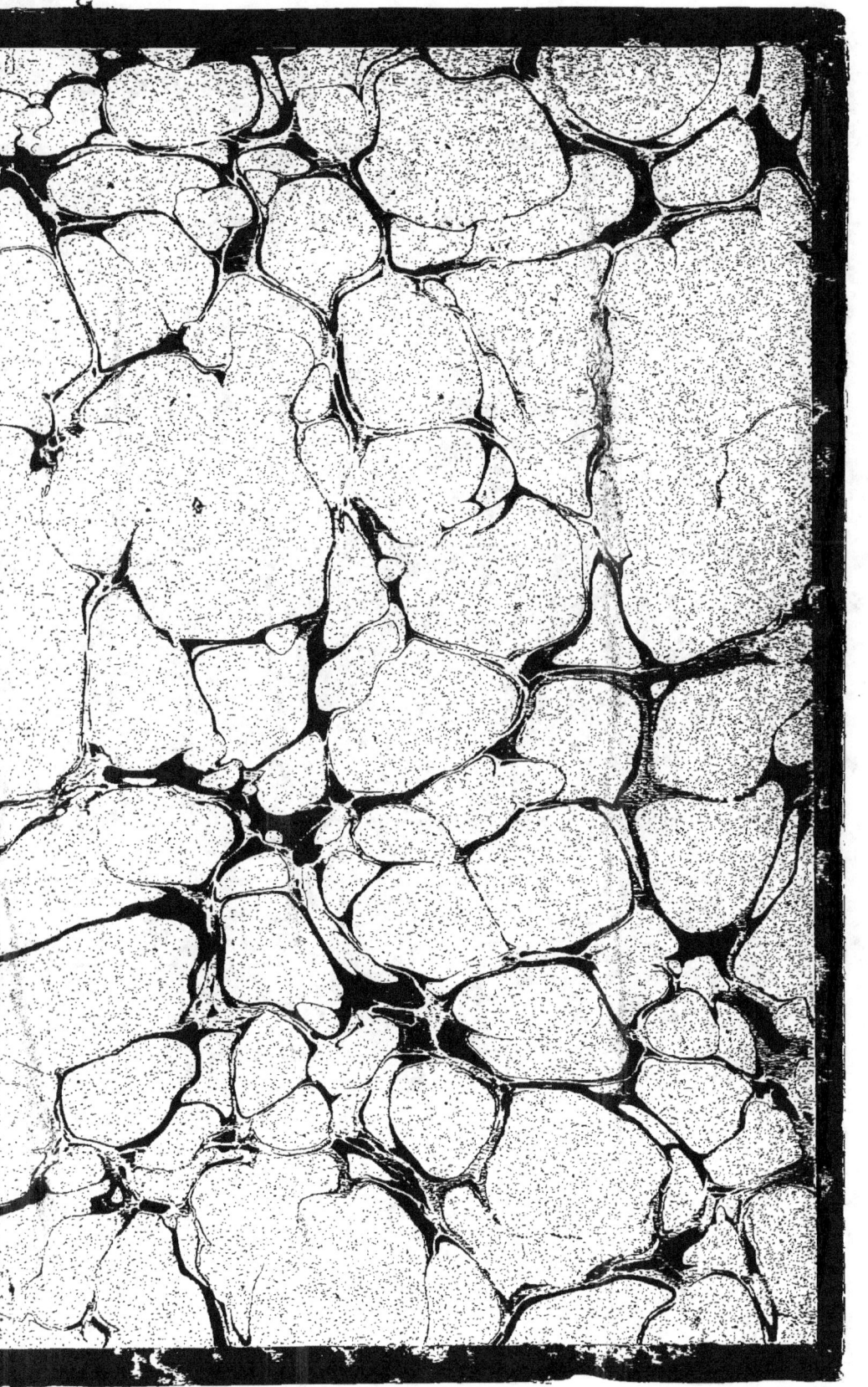

www.ingramcontent.com/pod-product-compliance
Lightning Source LLC
Chambersburg PA
CBHW061457030726
47503CB00005B/1749